オペラ対訳
ライブラリー

WAGNER
Lohengrin

ワーグナー
ローエングリン

高辻知義=訳

音楽之友社

本シリーズは，従来のオペラ対訳とは異なり，原テキストを数行単位でブロック分けし，その下に日本語を充てる組み方を採用しています。原則として原文と訳文は行ごとに対応していますが，日本語の自然な語順から，ブロックのなかで倒置されている場合もあります。また，ブロックの分け方は，実際にオペラを聴きながら原文と訳文を同時に追うことが可能な行数を目安にしており，それによって構文上，若干問題が生じている場合もありますが，読みやすさを優先した結果ですので，ご了承ください。

目次

あらすじ ·· 5
主要登場人物および舞台設定 ·· 10
主要人物登場場面一覧 ·· 11

『ローエングリン』対訳

第1幕 Erster Aufzug ··· 13
前奏曲 **Vorspiel**
第1場 **Erste Szene** ·· 14
Hört! Grafen, Edle, Freie von Brabant!
第2場 **Zweite Szene** ·· 20
 Seht hin! Sie naht, die hart Beklagte!
Einsam in trüben Tagen《エルザの夢》
第3場 **Dritte Szene** ··· 32
 Gegrüßt, du gottgesandter Held!

第2幕 Zweiter Aufzug ··· 49
第1場 **Erste Szene** ·· 50
 Erhebe dich, Genossin meiner Schmach!
第2場 **Zweite Szene** ·· 59
 Euch Lüften, die mein Klagen
第3場 **Dritte Szene** ··· 70
 In Früh'n versammelt uns der Ruf,
第4場 **Vierte Szene** ··· 75
 Gesegnet soll sie schreiten, die lang in Demut litt;
第5場 **Fünfte Szene** ·· 80
 Heil! Heil dem König! Heil dem Schützer von Brabant!

第3幕 Dritter Aufzug ·· 93
第1場 **Erste Szene** ·· 94

　　　　Treulich geführt ziehet dahin,《婚礼の合唱》
第2場 **Zweite Szene** ··· 97
　　　　Das süße Lied verhallt; wir sind allein,
第3場 **Dritte Szene** ·· 110
　　　　Heil, König Heinrich!　König Heinrich Heil!
In fernem Land, unnahbar euren Schritten.《聖盃の物語》
訳者あとがき·· 128

あらすじ

前史 ドイツ国王ハインリヒ１世は外敵ハンガリー軍との間に９年間の休戦協定をむすび、その間に軍備を整えた。協定の期間がすぎ、再度の侵略が懸念されるため、彼はドイツ全土をめぐって、軍団の結成をよびかけた。ドイツ国に属するブラバント公国では、先代の公爵が亡くなったあと、争いがおこっていた。二人の遺児の保護を託されたフリードリヒ・フォン・テルラムント伯爵はエルザ姫との結婚を望んだが、姫にこばまれていた。姫の弟のゴットフリートが行方不明になる事件がおきたが、これは公国の支配権の横取りをねらう、異教の女オルトルートがゴットフリートを魔法によって白鳥にかえたためであった。エルザには公国の後継ぎをねらう野心から弟を溺れさせた疑いがかけられた。テルラムントは彼女を諦め、オルトルートと結婚し、エルザを告発して、妻ともども、公国の支配権を手に入れようとした。

第１幕 故郷のザクセン軍団を率いてブラバントに着いた国王はフリードリヒの告発を受けて、彼とエルザのいずれが正しいか、神明裁判をひらく決定をした。その決闘でエルザを護って闘う戦士を問うたところ、彼女は夢に見た白鳥の騎士をたてたいと答えた。王の命で、騎士を呼び出す信号が吹き鳴らされ、初めは反応がなく、エルザは窮地におちいったと見られたが、突如、川をさかのぼって白鳥が曳く小舟にのって、銀の武装に身を固めた美しい騎士が現れ、エルザの戦士になろうと申し出た。騎士はその条件として、自分の名や素姓を聞いてはならないとエルザに命じ、彼女も承諾して、決闘が始まった。騎士はフリードリヒを圧倒したが、その命はたすけ、偽りの告発をした後悔のために使えと赦した。神の判決によって潔白さが証明されたエルザは騎士と結婚し、夫となる騎士は公国の領主の地位につくことになった。

第２幕 騎士とエルザが城内で婚約の祝宴をあげているあいだ、その様を闇の中から見上げながらオルトルートとフリードリヒが敗北を思い返していた。身分と名誉とを失ったフリードリヒがオルトルートを、エルザの弟

殺しの偽りを吹き込んだと言ってなじるのに対し、オルトルートは平然と、自分の神通力で見ると、あの騎士はその正体がばれると去ってゆかねばならず、エルザは保護者を失い、ブラバントの領主に留まる事ができなくなる、と答えた。後は、エルザに夫への猜疑心をまず吹き込めばよいと、二人は復讐を誓う。オルトルートは言葉巧みに自分の苦境を訴え、エルザに取り入って、その館に入れてもらう。夜が明けると、城内に武士たちが集まり、エルザと騎士との結婚が予告され、騎士がブラバントの守護者として軍団を率いて出陣することも告げられる。その雑踏の中で、フリードリヒの部下の4人の貴族が、騎士への疑念を語り合っているところへフリードリヒが現れ、彼らを復讐の計画に引きこむ。そこへ婚礼の行列が進んでくる。列が聖堂の扉の前に達しかけたところで、オルトルートが列の中から飛び出し、自分がなぜエルザにへりくだっていなければならないか、と糾弾し、自分の夫は正体も知れない魔法使いの騎士に敗れただけだと言い募る。そこへ王と騎士とが現れ、二人の女性を仲裁するが、さらにフリードリヒが現れて、騎士の正体が知れないことを訴え、国王に対してすら騎士の秘密は護られるのかと問う。騎士は平然としてそれを肯定し、自分の行った行為を見れば、自分の潔白さは証明されるのだと応酬する。国王も民衆もそれに納得して、婚礼の行列は進むが、エルザの胸に浮かんだ疑念は残る。

第3幕　「婚礼の合唱」が歌われるなかで、騎士とエルザが新婚の寝室へ導き入れられる。初めて二人きりになった語らいのなかで、騎士はエルザへ自分を導いたのが、彼女への愛だったと告げる。エルザは騎士に自分より高いものを感じ、彼と等しい身となりたいと訴える。騎士が自分は光栄と歓喜を捨ててやってきたのだと打ち明けると、エルザは至らない自分のためにいつか、騎士はそちらへ帰って往くのではないかと不安になり、口論が激してエルザはついに禁じられていた、騎士の名と正体への問いを口にする。その瞬間に、忍びこんでいたフリードリヒと4人の貴族が騎士に切りかかるが、たちまちにフリードリヒは成敗されてしまう。もはや、破局は明らかになったので、自分の名は王の前で述べると語って騎士は悲しげに新婚の寝室を出て行く。明くる日、第1幕と同じスヘルデ川の草原に、国王の召集に応じて、対ハンガリー出陣の軍団が次々に集まって来る中に、

フリードリヒの死骸が運び込まれる。そこへ現れた騎士はフリードリヒを正当防衛により殺したと述べ、次いで、エルザが禁止された質問を発して誓いを破ったことも述べる。かくなるうえは課せられた問いに答えるとして、騎士は自分が、聖盃の騎士団に属する騎士で、エルザの救うために派遣されてきた故を明かし、名をローエングリンという、と歌って「聖盃の物語」を終える。身分を明かした以上、騎士は留まることはできず、早くも迎えの白鳥が姿を現すが、別れに際してローエングリンは、国王に外敵に対する大勝利を予言し、また、世継ぎとなる筈だったゴットフリートの形見の剣と角笛と指環をエルザにわたし、弟が幸いに帰って来たときに渡すように言って去って往こうとする。そこへオルトルートが現れ、エルザがローエングリンを追い払ってくれたことに狂喜し、かつて自分が魔法の力でゴットフリートを白鳥に変え、エルザを弟殺しの罪で告発してブラバントの覇権を得ようとしたと白状する。それを聞いていた、ローエングリンは聖盃に深い祈りを捧げると、白鳥は水に潜って貴公子ゴットフリートに変身し、騎士によってブラバントの後継者として披露される。代わりに一羽の白鳩が天から飛来してローエングリンの乗った小舟を曳いて去って行く。オルトルートは叫び声をあげて地に倒れ、ローエングリンを失ったエルザは弟の腕に抱かれてこと切れる。

ローエングリン
Lohengrin

3幕のロマン派歌劇*

音楽＝リヒャルト・ワーグナー　Richard Wagner（1813-1883）

台本＝リヒャルト・ワーグナー　Richard Wagner

初演＝1850年　8月 28日ヴァイマル宮廷劇場

リブレット＝総譜*[2]のテキストに基づく

---

*訳注1：このジャンル名称については「あとがき」を参照。
*訳注2：バイロイト祝祭の慣例に従い、ペータース版のヴォーカル・スコアーに拠ったが、ブライトコプフ版などからも必要に応じて引用して補い、その際は下線つきで示した。なお、「あとがき」も参照。

登場人物および舞台設定

ハインリヒ Heinrich der Vogler, deutscher König（ドイツ国王「捕鳥王」）
……………………………………………………………………………… バス
ローエングリン Lohengrin（白鳥の騎士）………………………… テノール
エルザ Elsa von Brabant（ブラバントの公女）………………… ソプラノ
フリードリヒ・フォン・テルラムント Friedrich von Telramund,
brabantischer Graf（ブラバントの伯爵*3）……………………… バリトン
オルトルート Ortrud, seine Gemahlin（フリードリヒの妻）……… ソプラノ
国王の軍令使 Der Heerrufer des Königs ………………………… バス
4人のブラバントの貴族 Vier brabantische Edle ………… テノールとバス
4人の小姓たち Vier Edelknaben ………………………… ソプラノとアルト
ゴットフリート公爵 Herzog Gottfried, ihr Bruder（エルザの弟）…… 黙役

ザクセンとテューリンゲンの貴族たち Sächsische und thüringische Grafen und Edle
ブラバントの貴族たち Brabantische Grafen und Edle
貴婦人たち Edelfrauen
小姓たち Edelknaben
兵卒たち、女たち、従僕たち Mannen. Frauen. Knechte（庶民）

第1幕　ブラバント公国*4、アントワープ近郊、スヘルデ河畔、10世紀前半
第2幕　アントワープの城内
第3幕　アントワープ城内の新婚の部屋、再びスヘルデ河畔

---

*訳註3：　伯爵は公爵につぐ高い位の貴族。4人のブラバントの貴族Edleはそれより低い位である。
*訳注4：「あとがき」に述べるとおり、10世紀にはブラバント公国はまだ存在しなかった。

ローエングリン　主要人物登場場面一覧

		第1幕			第2幕						第3幕		
		第1場	第2場	第3場	第1場	第2場	第3場	第4場	第5場		第1場	第2場	第3場
ハインリヒ（国王）	前奏曲	■■■	■■■	■■■					■■	前奏曲	■		■
ローエングリン				■■					■■		■■■		■
エルザ			■■	■■	■■	■		■■	■■		■■■		■
フリードリヒ・フォン・テルラムント		■■■	■■	■■	■■		■		■■				
オルトルート		■■■			■■	■■	■■		■				■■
国王の軍令史		■■					■						
ゴットフリート公爵													■

第1幕
Erster Aufzug

Erste Szene 第1場

Eine Aue am Ufer der Schelde bei Antwerpen:

アントワープ近郊、スヘルデ河畔の草地。

Der Fluß macht dem Hintergrunde zu eine Biegung, so daß rechts durch einige Bäume der Blick auf ihn unterbrochen wird, und man erst in weiterer Entfernung ihn wiedersehen kann
Im Vordergrunde links sitzt König Heinrich unter der / einer mächtigen alten Gerichtseiche; zu seiner Seite / ihm zunächst stehen sächsische und thüringische Grafen, Edle und Reisige, welche des Königs Heerbann bilden. Gegenüber stehen die brabantischen Grafen und Edlen, Reisige und Volk, an ihrer Spitze Friedrich von Telramund, zu dessen Seite Ortrud. Mannen und Knechte füllen die Räume im Hintergrunde. Die Mitte bildet einen offenen Kreis.
Der Heerrufer ist / des Königs und vier Heerhornbläser schreiten in die Mitte geschritten; auf sein Zeichen blasen vier Trompeter des Königs den Anruf./ Die Bläser blasen den Königsruf /.

河は背景にむかって湾曲し、そのため上手（右手）では立木のために隠されているが、その奥ではまた視野の中に現れる。
舞台前方、下手（左手）の年古りた堂々とした「裁きの樫の木」＊5の下にハインリヒ王が着座；彼のそばに、王の召集軍団を形成するザクセンとテューリンゲンの貴族と武士たちが立つ。その反対側にはブラバントの貴族たち、武士たちと民衆も。彼らの先頭にフリードリヒ・フォン・テルラムントが立ち、傍らにオルトルート。背景の空間には兵卒と従僕たち。舞台中央は円形の空間。
そこへ王の軍令使と4人のラッパ手が進み出て、軍令使の合図でラッパ手が王のファンファーレを鳴らす。

DER HEERRUFER
軍令使

Hört! Grafen, Edle, Freie von Brabant!
Heinrich, der Deutschen König, kam zur Statt,
mit euch zu dingen nach des Reiches Recht.
Gebt ihr nun Fried' und Folge dem Gebot?

ブラバントの伯爵がた、貴族と自由民の皆さん、いざ、聞かれよ！
ドイツ王ハインリヒが来臨されて、
ドイツの国法に従って貴殿らをまじえて裁判を行われるが、
王のご命令に異存はないか？

DIE BRABANTER
ブラバントの人びと

Wir geben Fried' und Folge dem Gebot!
(auf die Waffen schlagend)
Willkommen! Willkommen, König, in Brabant!

我々はご命令に穏やかに従おう！
（武器をたたきながら＊6）
国王よ、ブラバントにようこそ！

＊訳注5：ゲルマン人の古くからの習俗として、孤立した巨木（多くは樫）のもとで、君主が裁判官となって裁判が行われた。ここでは貴族の争いなので、国王が裁く。「あとがき」も参照。
＊訳注6：楯などの武具をたたいて賛意を表したのである。

KÖNIG HEINRICH 国王 ハインリヒ	*(erhebt sich.)* Gott grüß' euch, liebe Männer von Brabant! Nicht müßig tat zu euch ich diese Fahrt; *(sehr wichtig)* der Not des Reiches seid von mir gemahnt.

（立ち上がって）
親愛なるブラバントの諸子よ、神のご加護があなたがたにあるように！
実は、私はただ当てもなくこの地へ足をむけたのではない、（ごく重々しく）
我々のドイツ国を見舞っている危機に諸子の注意を喚起いたしたいのだ。

(Feierliche Aufmerksamkeit.)
Soll ich euch erst der Drangsal Kunde sagen,
die deutsches Land so oft aus Osten traf?
In fernster Mark hieß't Weib und Kind ihr beten:
„Herr Gott, bewahr' uns vor der Ungarn Wut!"

（厳粛な緊張が支配する）
先ずは、ドイツ国をたびたび東方から襲う災厄について
あなた方に述べればよかろうか？
はるか辺境であなたたちは女子供に祈らせている：
「神よ、ハンガリー人の怒りから我らを守りたまえ！」*7と。

Doch mir, des Reiches Haupt, mußt' es geziemen
solch wilder Schmach ein Ende zu ersinnen;
als Kampfes Preis gewann ich Frieden auf
neun Jahr', ihn nützt' ich zu des Reiches Wehr:
beschirmte Städt' und Burgen ließ ich bau'n,
den Heerbann übte ich zum Widerstand.

しかし、この国の君主である私には、そのような
目に余る恥辱を終わらせることこそが義務に他ならなかった。
戦勝の対価として九年間の休戦をかちとった私は、
それを用いて国の防備をかためた。
堅固な城砦や都市を築かせ、
また、召集した軍団に防衛の訓練を施した。

Zu End' ist nun die Frist, der Zins versagt, —
mit wildem Drohen rüstet sich der Feind.

しかし、和平の期限もおわり、貢納金も拒絶された。—
戦備をととのえた敵は、いまや荒々しい恫喝を行っている。

＊訳注7：ハンガリー人の騎馬部隊の東フランク国への侵入は899年いらい記録されている。ハインリヒ1世はこれに有効な防御策を講じて、国王としての声威を高めた。

(mit großer Wärme)
Nun ist es Zeit, des Reiches Ehr' zu wahren;
ob Ost, ob West? Das gelte allen gleich!
Was deutsches Land heißt, stelle Kampfesscharen;
dann schmäht wohl niemand mehr das deutsche Reich!

（いちだんと熱をこめ）
いまこそ、国の名誉を守る時である。
その東であれ、西であれ、誰にも同じ義務が課せられている！
およそドイツを名乗る、すべての国土から軍団を送り出してほしい。
さすれば、いかなる敵もドイツ国をあなどったりはしないだろう！

DIE SACHSEN und THÜRINGER
ザクセンとテューリンゲンの人々

(an die Waffen schlagend.)
Wohlauf! Mit Gott für (deutschen) Reiches Ehr'!

（武器を叩きながら）
いざいざ！ 神のご加護により、ドイツ帝国の名誉のために戦おう！

KÖNIG
国王

(Der König hat sich wieder gesetzt.)
Komm' ich zu euch nun, Männer von Brabant,
zur Heeresfolg' nach Mainz euch zu entbieten,
wie mußt' mit Schmerz und Klagen ich erseh'n,
daß ohne Fürsten ihr in Zwietracht lebt!

（再び玉座に腰をおろして）
さて、ブラバントの方々よ、集結地のマインツ*8へ
召集軍団を引き連れ行こうと、諸子のもとへ来て見れば、
なんと嘆かわしいことか、御身らは、
頂くべき領主を失って、内紛に明け暮れしているのだ！

Verwirrung, wilde Fehde wird mir kund;
drum ruf' ich dich, Friedrich von Telramund!
Ich kenne dich als aller Tugend Preis,—
jetzt rede, daß der Drangsal Grund ich weiß.

紛糾と、激しい確執とが私の耳に入った。
それゆえにこそ求めているのだ、フリードリヒ・フォン・テルラムント伯爵、
御身がなべて美徳のもち主であることは承知しているが、
今こそ語れ、かような苦境の理由が私にも解るように。

＊訳注8：マインツはライン川中流の都市でローマ時代以前から存在し、大司教の座もあって帝国中に枢要な地位を占めていた。

FRIEDRICH
フリードリヒ

Dank, König, dir, daß du zu richten kamst!
Die Wahrheit künd' ich, Untreu' ist mir fremd.
Zum Sterben kam der Herzog von Brabant,
und meinem Schutz empfahl er seine Kinder,
Elsa, die Jungfrau, und Gottfried, den Knaben;

王よ、裁きのためにご光来いただいたことに感謝します。
真実を述べましょう、不実は私の性(さが)ではありませんから。
さて、ブラバントの公爵は臨終(りんじゅう)を迎えられたおり、
遺児たちの行く末を我が手に託されたのです。
エルザ姫と、公子ゴットフリート殿です。

mit Treue pflag ich seiner großen Jugend,
sein Leben war das Kleinod meiner Ehre.
Ermiß nun, König, meinen grimmen Schmerz,
als meiner Ehre Kleinod mir geraubt.

末頼(すえたの)もしい若君を私は誠をこめて養育いたしました。
その命はわが名誉がかかった宝物だったのです。
それだけに、国王よ、お察しください、私の激しい心痛を、
わが名誉の珠玉が私から奪われたときのことです。

Lustwandelnd führte Elsa den Knaben einst
zum Wald, doch ohne ihn kehrte sie zurück;
mit falscher Sorge frug sie nach dem Bruder,
da sie, von ungefähr von ihm verirrt,
bald seine Spur, so sprach sie, nicht mehr fand.

あるとき、エルザは弟を森への散歩に
誘い出しましたが、帰ってきたときはただ一人でした。
さも心配げに姫は弟のことを尋ねました。
ふとしたことで、弟とはぐれ、まもなく、
見失ってしまった、と姫は告げたのです。

Fruchtlos war all' Bemüh'n um den Verlor'nen;
als ich mit Drohen nun in Elsa drang,
da ließ in bleichem Zagen und Erbeben
der gräßlichen Schuld Bekenntnis sie uns seh'n.

公子の捜索には、手を尽くしましたが、すべて実りませんでした。
そこで私が脅(おど)しをまじえてエルザに迫ったところ、
彼女が血の気も失せて震え、ひるむさまこそ、
世にも恐ろしい罪の白状にほかならぬと、私たちは認めたのです。

Es faßte mich Entsetzen vor der Magd;
dem Recht auf ihre Hand, vom Vater mir
verlieh'n, entsagt' ich willig da und gern,
und nahm ein Weib, das meinem Sinn gefiel:
(er stellt Ortrud vor, diese verneigt sich vor dem König.)
Ortrud, Radbod's, des Friesenfürsten Sproß.

私はこの乙女に対して恐れを覚えました。
かつて、その父上から許されてはいましたが、
彼女に求婚する権利をそのとき、自分から進んで放棄しました。
そして、心にかなう女を妻に迎えたのです。
(オルトルートを紹介し、彼女は王の前に頭をたれる。)
フリーゼン族の首領ラートボート*9の血をひく、オルトルートです。

(er schreitet feierlich einige Schritte vor.)
Nun führ' ich Klage gegen Elsa von
Brabant: des Brudermordes zeih' ich sie.

(厳かな足取りで数歩、進み出て)

さらに、私は、ブラバント公の娘エルザを、
弟殺しの廉で告発いたします。

Dies' Land doch sprech' ich für mich an mit Recht,
da ich der Nächste von des Herzog's Blut,
mein Weib dazu aus dem Geschlecht, das einst
auch diesen Landen seine Fürsten gab.
Du hörst die Klage, König! Richte recht!

と同時に、当然のこととして、この国の領主の地位も要求いたします。
それは、私が公爵の血筋にもっとも近くあり、
それに加え、わが妻も、この国の領主を輩出した
一族の出であるからです。
王よ、訴えをお聞きのうえは、正しい裁きを下されますよう！

ALLE MÄNNER
男たち全員

(in feierlichem Grauen.)
Ha, schwerer Schuld zieht Telramund.
Mit Grau'n werd' ich der Klage kund!

(ことの重大さに、戦慄をおぼえ)

ああ、テルラムントは世にも重い罪を問うている！
この告発には、思わず我が身が慄える。

*訳注9：さまざまな伝説によれば、ラートボートはキリスト教への改宗を勧める聖ヴォルフラムから、かれの先祖が異教徒であったために地獄にあると聞かされて、ならば、むしろ先祖とともにいたいと言って洗礼を拒んだ。フリーゼン族はオランダから北ドイツへかけての北海沿岸にすんでいたゲルマン人の部族。

KÖNIG 国王		Welch' fürchterliche Klage sprichst du aus! Wie wäre möglich solche große Schuld?

何と恐ろしい訴えをあなたは口にするのか！
そのような大それた罪がどうしてあり得るのか？

FRIEDRICH
フリードリヒ

(immer heftiger)
O Herr! traumselig ist die eitle Magd,
die meine Hand voll Hochmut von sich stieß.
Geheimer Buhlschaft klag' ich drum sie an:

（語気にますます激しさを加え）

王よ、この高慢な娘は夢の中の物の怪に憑かれています、
彼女は高飛車に私の求婚を撥ねつけたのですから。
ひそかに悪魔*10と情を通じている罪でも、私はエルザを告発します。

(immer mehr einen bitter gereizten Zustand verratend.)
sie wähnte wohl, wenn sie des Bruders ledig,
dann könnte sie als Herrin von Brabant
mit Recht dem Lehnsmann ihre Hand verwehren,
und offen des geheimen Buhlen pflegen.

（ますます苦々しく苛立ったようすを露わにして）

この女はおそらく、妄想をたくましくして、
弟さえなきものにすれば、ブラバントの領主として
私ごとき家来の求婚は退けて当然であり、秘密だった
情人に何はばかるところなくかしずくことができると考えたのでしょう。

KÖNIG
国王

(unterbricht durch eine ernste Gebärde Friedrichs Eifer.)
Ruft die Beklagte her!
(sehr feierlich)
　　　　　　　　　　　　— Beginnen soll
nun das Gericht! Gott, lass' mich weise sein.
(Der Heerrufer schreitet feierlich in die Mitte.)

（厳かなみぶりでフリードリヒの熱中ぶりをさえぎり）

告発された女を呼び出しなさい！
（きわめて厳粛に）

　　　　　　　　　　　　　裁きを始めよう！
神よ、私が賢明さを失わぬよう、何とぞ、ご加護を！
（軍令使は厳かに中央に歩み出る。）

HEERRUFER
軍令使

Soll hier nach Recht und Macht Gericht gehalten sein?
正義と権威に基づいて裁きがとり行われるのに異存はないか？

---

*訳注10：キリスト教から見てそれ以外の信仰は全て異端・邪教であり、その神は悪魔と見なされた。ここではひそかにキリスト教以前の異端を信じているのはむしろ、オルトルートであり、彼女こそ「悪魔と情を通じ」ていたのである。

KÖNIG 国王	*(Der König hängt mit Feierlichkeit den / seinen Schild an der Eiche auf.)* Nicht eh'r soll bergen mich der Schild, bis ich gerichtet streng und mild!	

（国王は裁きの樫の樹に自分の楯を厳かに吊るし）

厳正さと寛容さとをもって裁きを私が下し終わるまで、
この楯がわが身を庇ってはならない！

(Alle Männer entblößen die Schwerter; die Sachsen und Thüringer stoßen sie vor sich in die Erde;
die Brabanter strecken sie flach vor sich nieder.)

（男たちは皆、剣を抜く。ザクセンとテューリンゲンの人々は剣を眼前の地面に刺し、ブラバントの人々はそれらを眼の前の地面に平らに置く。）

ALLE MÄNNER 男たち全員	Nicht eh'r zur Scheide kehr' das Schwert, bis ihm (durch Urteil / sein) *11 Recht gewährt.

（裁きによって／その）正義が国王に保証されるまで、
この刃を鞘に戻しはすまい！

HEERRUFER 軍令使	Wo ihr des Königs Schild gewahrt, dort Recht durch Urteil nun erfahrt. Drum ruf' ich klagend laut und hell: Elsa, erscheine hier zur Stell'!

御身らが王の楯を目のあたりにする、この場で、
これから、正義の判決が下されるのを、お聞きください！
では、声高らかで呼びかけよう、
エルザよ、この場に出頭しなさい！

Zweite Szene　第2場

Elsa tritt auf, in einem weißen, sehr einfachen Gewande; sie verweilt eine Zeitlang im Hintergrunde; dann schreitet sie sehr langsam und mit großer Verschämtheit der Mitte des Vordergrundes zu; ein langer Zug ihrer Frauen, sehr einfach weiß gekleidet, folgen / folgt ihr; diese / die Frauen bleiben aber zunächst im Hintergrunde an der äußersten Grenze des Gerichtskreises stehen.

エルザが純白の、ごく質素な衣装で登場*12；彼女はしばらく背景にとどまっていたが、やがてひどくはにかんだ様子で、ごくゆっくりと前景の中央へと歩く；エルザに続く、とても質素な白の衣装の女官たちの長い列は、初めは背景の、裁きの輪*13の一番はしにとどまっている。

＊訳注11：括弧の中の語（/）はパートによっては省かれる（以下同じ）。
＊訳注12：下線部分はブライトコプフ版による。
＊訳注13：裁きの輪とは、神明裁判が決闘によって行われる、そのリング。

ALLE MÄNNER 男たち	Seht hin! Sie naht, die hart Beklagte! Ha! wie erscheint sie so licht und rein! Der sie so schwer zu zeihen wagte, wie/gar sicher muß (der Schuld) er sein!	

見るがいい。姫が近づいてくる、重い罪を着せられた、あの姫が！

ああ、彼女はなんと輝かしく、純潔に見えることか！

あれほど重い罪で敢えて告発したからには、

あの男には（その罪について）確信があるに違いあるまい。

KÖNIG 国王	Bist du es, Elsa von Brabant? *(Elsa neigt das Haupt bejahend.)* 　　　　　　　　　　　　　　　Erkennst *14 du mich als deinen Richter an? *(Elsa wendet ihr Haupt nach dem König, blickt ihm in das Auge und bejaht dann mit vertrauensvoller Gebärde.)*

　　汝がブラバントの公女エルザか？

（エルザはうなずく）

　　　　　　　　　　　　　　　　　　汝は私を

汝の裁判官として認めるか？

（エルザは頭を王の方に向け、その眼を見つめ、信頼をこめた身振りでうなずく。）

	So frage ich weiter: ist die Klage dir bekannt, die schwer hier wider dich erhoben? *(Elsa erblickt Friedrich und Ortrud, erbebt, neigt schüchtern traurig das Haupt und bejaht.)*

　　　　　　　　　　　　　では、問いを続けるとしようか、

　　汝にたいしてこの法廷に持ち出された

　　重い訴えの中身は承知しているか？

（エルザはフリードリヒとオルトルートを一瞥して、身震いし、おずおずと悲しげにうなだれ、うなずく。）

	Was entgegnest du der Klage?

　　　　　　　　　　　　　　　　何か

この訴えに反論はあるか？

＊訳注14：このErkennst「認めるか」の語は前の問い、Bist du es, Elsa von Brabant?「汝がブラバントの公女エルザか？」と、跳び行で、詩形論的には5脚の抑揚格の1行をなしている。こうして、国王とエルザの問答は、跳び行を挟みながら、エルザの最後の答え（論理的には答えになっていない）Mein armer Bruder!...「可哀そうな弟！...」まで5脚の抑揚格の韻文として続く。ただし、この最後の行は詩脚が一つ欠けており、詩形論的にはなお強音の語（Nein!であるかもしれない）が一つ続くはずであるが、それは発声されず、無言の嘆きとなっている。このような跳び行を挟んだ問答は、作品のいくつかの箇所（例えば、第2幕のフリードリヒとオルトルートの問答など）に現れる。ワーグナーの原テクストが詩形論的な構成（不完全ながら押韻もある）をそなえた韻文形式であることの証左。なお「あとがき」を参照。

ELSA エルザ	*(durch eine Gebärde: »Nichts!«.)*	
	（身振りで「何もない！」と答える。）	
KÖNIG 国王	So bekennst du deine Schuld?	
	では、汝の罪を認めるのであるな？	
ELSA エルザ	*(blickt eine Zeitlang traurig schweigend vor sich hin.)* *(vor sich hin)* Mein armer Bruder!...	
	（しばらく悲しげに押し黙ってぼんやり前方を見ていたが） （呟くように）　可哀そうな弟！…	
DIE MÄNNER 男たち全員	*(flüsternd.)* Wie wunderbar! Welch' seltsames Gebaren!	
	（ささやき合う） なんと不思議な！　なんと奇妙な振る舞いか！	
KÖNIG 国王	*(ergriffen)* Sag', Elsa! was hast du mir zu vertrau'n? *(Erwartungsvolles Schweigen.)*	
	（心を打たれ） エルザ、申すがよい！　何か私に打ち明けることがあるか？ （期待のこもった沈黙）	
ELSA エルザ	*(in ruhiger Verklärung vor sich hinblickend.)* „Elsas Traum" *15 　　Einsam in trüben Tagen 　　hab' ich zu Gott gefleht, 　　des Herzens tiefstes Klagen 　　ergoß ich im Gebet:	
	（落ち着いて、晴れやかに視線を前方に放って） 《エルザの夢》 　　ただ一人のまま、こころが打ちふさぐ日々に 　　私は神に懇願しました。 　　胸の奥底深くにわだかまる訴えを 　　祈りの中で吐露しました。	

＊訳注15：《エルザの夢》と呼ばれる、この部分はむろん韻文形式で書かれていて、ひとつのリートとでもいうべきである。指摘したいのは、その詩形学的特徴で、1行がわずか3つの強音（揚音）しか持たない、短い行であることで、このような短い行はここで初めて現れた。この3脚の行形式は、次の「申し開き」の部分でも当然守られているが、あとで、戦士の名を王に尋ねられたときの答えもこれであるし、ローエングリンが現れて、エルザに「質問禁止」を言い渡すときにも、更まって、この詩行を用いている。

> da drang aus meinem Stöhnen
> ein Laut so klagevoll,
> der zu gewalt'gen Tönen
> weit in die Lüfte schwoll:

> すると、この胸のうめきから
> 悲痛な叫びが湧き出て、
> 力強い響きとなって
> 空中をはるか彼方へ広がりました。

> ich hört' ihn fern hin hallen,
> bis kaum mein Ohr er traf;
> mein Aug' ist zugefallen,
> ich sank in süßen Schlaf.

> その叫びは遠方まで響き、
> ほとんど私の耳に届かなくなりました。＊16
> 私の眼はとじ、甘やかな
> 眠りに私は落ちたのです。—

DIE MÄNNER *(leise.)*
Wie sonderbar! Träumt sie? Ist sie entrückt?

男たち (小声で)
なんと奇妙な！ 夢をみているのか？ 放心しているのか？

KÖNIG *(als wolle er Elsa aus dem Traume wecken.)*
Elsa, verteid'ge dich vor dem Gericht!

国王 (エルザを夢から目覚めさせようとでもするかのように)
エルザよ、さあ、法廷にたいしてしっかり申し開きをするがよい！

ELSA *(Elsas Mienen gehen von dem Ausdruck träumerischen Entrücktseins zu dem schwärmerischer Verklärung über, ununterbrochen in der vorigen Stellung.)*

> In lichter Waffen Scheine
> ein Ritter nahte da,
> so tugendlicher Reine
> ich keinen noch ersah:

エルザ (その表情は夢見がちの放心状態から、何かに心酔したような澄みきったものに変わるが、姿勢はもとのまま。)

> 輝く甲冑(かっちゅう)に身を包んで
> 一人の騎士が近づくのが見えました。
> これほど清らかな徳の人を
> まだ私は見たことがありませんでした。

＊訳注16：自分の叫びが遠方に届くまで聴きとっているというエルザの超越的な聴覚は、彼女の持つ幻視的な才能と関係があるのか。

ein golden Horn zur Hüften,
gelehnet auf sein Schwert,—
so trat er aus den Lüften
zu mir, der Recke wert;

腰には黄金の角笛を吊り、
剣に身をもたせ掛けている――
そのような姿で虚空から現れた、
貴い勇士は私に歩み寄りました。

mit züchtigem Gebaren
gab Tröstung er mir ein:—
(mit erhobener Stimme)
des Ritters will ich wahren,
er soll mein Streiter sein!
(schwärmerisch)
Er soll mein Streiter sein!

慎み深い身振りで彼は
私に慰めを与えてくれたのです。
（声を高めて）
私はこの騎士を恃みといたします、
私のために戦うのはこの騎士です！
（心酔の面持ちで）
私の戦士になっていただきたいのです！

ALLE MÄNNER
男たち全員

(sehr gerührt.)
Bewahre uns des Himmels Huld,
daß klar wir sehen, wer hier Schuld!

（はげしく感動して）
天の恩寵よ、我々に明らかに示してほしい、
ここで罪があるのは誰であるのかを！

KÖNIG
国王

Friedrich, du ehrenwerter Mann,
(lebhafter)
bedenke wohl, wen klagst du an?

誉れ高いフリードリヒ殿、
（勢いをこめて）
よくお考えなさい。あなたは、誰を訴えているのか？

FRIEDRICH
フリードリヒ

Mich irret nicht ihr träumerischer Mut;
(immer leidenschaftlicher)
ihr hört, sie schwärmt von einem Buhlen!

この女の夢見心地などに惑わされる私ではありませんぞ。
（さらに熱をこめて）
お聞きの通り、彼女は情人に首ったけなのです！

Wess' ich sie zeih', dess' hab' ich sicher'n Grund:
glaubwürdig ward ihr Frevel mir bezeugt.
Doch eurem Zweifel durch ein Zeugnis wehren,
das stünde wahrlich übel meinem Stolz!＊17

彼女を咎めるについては確かな根拠があります。
神を畏れぬエルザの行いには信頼のおける証しがありました。
だが、みなの疑念を晴らすのに証人を通じたりすること、
それには、まこと私の気位が許しません。

Hier steh' ich, hier mein Schwert! — Wer wagt von euch
zu streiten wider meiner Ehre Preis?

ここに私は立ち、ここに私の剣はある！　あなた方のうちで、
誰か、私の輝く名誉に対し戦いを挑もうとするものはいるか？

| DIE BRABANTER ブラバントの人たち | *(sehr lebhaft)*
Keiner von uns! Wir streiten nur für dich!
（勢いよく）
誰もいませんぞ！　我らはただあなたのために戦うばかりだ！ |

| FRIEDRICH フリードリヒ | Und, König, du! Gedenkst du meiner Dienste,
wie ich im Kampf den wilden Dänen schlug?

そして、王よ！　私のいさおしを覚えておいでですか、
戦いであの凶暴なデーン人を打ち倒したときの？＊18 |

| KÖNIG 国王 | *(lebhaft)*
Wie schlimm, ließ' ich von dir daran mich mahnen!
Gern geb' ich dir der höchsten Tugend Preis;
in keiner ander'n / and'ren Hut, als in der deinen,
möcht' ich die Lande wissen.
（激しく）
そちから問われて思い出したとあれば、いかにも不都合であろう！
こよなき徳の誉れがそちにあることを喜んで認めよう。
そちより他の誰の手にもブラバント諸領の守護を
私は委ねようとは望まないだろう。

(mit feierlichem Entschluß.) — Gott allein
soll jetzt in dieser Sache noch entscheiden.

（厳かな決心を示し）―ただ神のみが、
この事件に決着を下されるよう！ |

＊訳注17　：「気位」Stolzという語には、傲慢、尊大という意味もある。武士の腕前を誇るフリードリヒは、一騎討ちの勝負によって神の審判を仰ぐ、神明裁判を望んでいる。
＊訳注18：史実によると、ハインリヒ王の戦功のなかに、ホルシュタイン半島でデーン人を打ち破ったものがあり、フリードリヒはこれに加わって手柄をたてたことになっているのか。

ALLE MÄNNER 男たち全員		Zum Gottesgericht! Zum Gottesgericht! Wohlan! 神明裁判を！ 神明裁判を！ いざ！
KÖNIG 国王		*(zieht sein Schwert und stößt es feierlich vor sich in die Erde.)* Dich frag' ich, Friedrich, Graf von Telramund! Willst du durch Kampf auf Leben und auf Tod im Gottesgericht vertreten deine Klage? (剣を抜き、前の地面に厳かに突き立て) フリードリヒ・フォン・テルラムント伯爵に尋ねる！ そちの告発には命を賭した神明裁判によって 黒白をつけるつもりであるか？
FRIEDRICH フリードリヒ		Ja! はい！
KÖNIG 国王		Und dich nun frag' ich, Elsa von Brabant! Willst du, daß hier auf Leben und auf Tod im Gottesgericht ein Kämpe für dich streite? さて、ブラバントのエルザよ、そちに尋ねる！ 神明裁判において、そちのため、 代理人の戦士が命を賭して戦うことを望むか？
ELSA エルザ		*(ohne die Augen aufzuschlagen)* Ja! （眼をあげることなく） はい！
KÖNIG 国王		Wen wählest du zum Streiter? そちが戦士に選ぶのは誰か？
FRIEDRICH フリードリヒ		*(hastig.)* Vernehmet jetzt den Namen ihres Buhlen! (性急に) 彼女の情人の名前が さあ、聞けるぞ！
DIE BRABANTER ブラバントの 人たち		Merket auf! *(Elsa hat ihre Stellung und schwärmerische Miene nicht verlassen; alles blickt mit Gespanntheit auf sie.)* 聞き洩らすまいぞ！ （エルザはその姿勢と心酔の表情は変えない。誰もが固唾をのんで彼女を見つめる。）

ELSA / エルザ

(fest)
... Des Ritters will ich wahren,
er soll mein Streiter sein!

（決然と）
… 私はこの騎士を恃みにいたします、
私の戦士になっていただきたいのです！

(ohne sich umzublicken)
Hört, was dem Gottgesandten
ich biete für Gewähr: —
in meines Vaters Landen
die Krone trage er;

（左右をうかがうことなく）
お聞きください、神から遣わされる、その騎士に
私が保証として何を差しあげるつもりか！
騎士には、わが父の治めていた国の
統治者の冠(かんむり)を頂いてもらいます。

mich glücklich soll ich preisen,
nimmt er mein Gut dahin, —
will er Gemahl mich heißen,
geb' ich ihm, was ich bin!

私の所領を騎士が受けてくださるならば、
私は自分の幸せを讃えねばなりますまい。——
私を妻に所望(しょもう)されるなら、
私はこの身も心も騎士にゆだねましょう！

ALLE MÄNNER / 男たち全員

(für sich.)
Ein schöner Preis, stünd' er in Gottes Hand!
(unter sich.)
Wer um ihn stritt', wohl setzt' er schweres Pfand!

（めいめいに）
素晴らしい褒美(ほうび)だ、神の手にそれがあるのならば！
（ささやき合う）
だが、そのために戦う勇士は大変な賭けにでることになるぞ！

KÖNIG / 国王

Im Mittag hoch steht schon die Sonne:—
so ist es Zeit, daß nun der Ruf ergeh'!

日はすでに真昼の高みに達している。
今こそ、呼び出しの信号を吹き鳴らす時である。

(Der Heerrufer tritt mit den vier Trompeter / Heerhornbläsern vor, die er den vier Himmelsgegenden zugewendet an die äußersten Grenzen / Enden des Gerichtskreises vorschreiten und so den Ruf /Aufruf blasen läßt.)

(軍令使は4人のラッパ手とともに進み出て、彼らを四方に向けて、裁きの輪のふちに立たせ、呼び出しの信号を吹かせる。)

DER HEERRUFER
軍令使

Wer hier im Gotteskampf zu streiten kam
für Elsa von Brabant, der trete vor!
Der trete vor!

神明裁判においてブラバントのエルザのため、
戦わんと来たりし者は、進みいでよ！
進みいでよ！

(Langes Stillschweigen.)
(Elsa, welche bisher in ununterbrochen ruhiger Haltung verweilt, zeigt entstehende Unruhe der Erwartung.)

(長い沈黙)
(それまで平静を保ち続けていたエルザに待ち受ける不安の印が浮かぶ。)

ALLE MÄNNER
男たち全員

Ohn' Antwort ist der Ruf verhallt!

信号は響きやんだが、答えはなかった！

FRIEDRICH
フリードリヒ

(auf Elsa's entstehende Beunruhigung deutend.)
Gewahrt, gewahrt,ob ich sie fälschlich schalt?

(エルザの/に浮かんだ不安の面持ちを指しながら)

私の非難に間違いがあったか、みんな判ったか、判ったか？

ALLE MÄNNER
男たち全員

Um ihre Sache steht es schlecht.

エルザ姫の立場は弱いようだな。

FRIEDRICH
フリードリヒ

Auf meiner Seite bleibt das Recht!

理(ことわり)は私の側にあるのだ。

ELSA
エルザ

(etwas näher zum König tretend.)
Mein lieber König, laß dich bitten,
noch einen Ruf an meinen Ritter. *(sehr unschuldig)*
Wohl weilt er fern und hört ihn nicht.

(国王に近寄って)
王さま、お願いします、
もう一度、私の騎士を呼んでください (ごく無邪気に)
きっと遠くにいて、信号が聞こえないのでしょう。

KÖNIG 国王	*(zum Heerrufer.)* 　　　Noch einmal rufe zum Gericht! （軍令使に） 　　　今一度、裁きへの喚問を行え！	

(Auf das Zeichen des Heerrufers richten die Trompeter sich wieder nach den vier Himmelsgegenden.)
（軍令使の合図にラッパ手たちは四方に向かって立つ）

DER HEERRUFER 軍令使	Wer hier im Gotteskampf zu streiten kam für Elsa von Brabant, der trete vor! Der trete vor! 神明裁判においてブラバントのエルザのため、 戦わんと来たりし者は、進みいでよ！ 進みいでよ！

(Die Heerhornbläser blasen abermals auf die vorige Weise; — wiederum langes, gespanntes Stillschweigen.)
（ラッパ手たちは先と同じように吹奏する。—またもや、長い、緊張にみちた沈黙。）

DIE MÄNNER 男たち	In düst'rem Schweigen richtet Gott! 神は陰鬱な沈黙のうちに裁かれる。

(Elsa sinkt zu inbrünstigem Gebet auf die Knie. Die Frauen, in Besorgnis um ihre Herrin, treten etwas näher in den Vordergrund.)
（エルザは跪いて熱心に祈る。女たちは女主人のことが心配で、すこし前方へ出てくる。）

ELSA エルザ	Du trugest zu ihm meine Klage, zu mir trat er auf dein Gebot: o Herr, nun meinem Ritter sage, daß er mir helf' in meiner Not! あなたは私の嘆きを彼のもとに運び、 彼はあなたの命により私に現れました。 ああ、主よ、私の騎士に言ってください、 苦しむ私を助けるようにと！
DIE FRAUEN 女たち	*(auf die Knie sinkend)* Herr! sende Hülfe ihr! Herr Gott! Höre uns! （膝をついて） 主よ、姫に救いをお送りください、主よ、お聞きください！

ELSA
エルザ

(in wachsender Begeisterung)
Laß mich ihn seh'n, wie ich ihn sah,
wie ich ihn sah, *(mit freudig verklärter Miene.)*
sei er mir nah'!

（昂奮を募らせ）
私が見たとおりの、あの方を見せてください！
見たとおりの姿で（喜ばしく澄み切った表情で）
現れていただきたいのです！

(Den ersten Chor bilden die dem Ufer des Flusses zunächst stehenden Männer; sie gewahren zuerst die Ankunft Lohengrins, welcher in einem Nachen, von einem Schwan gezogen, auf dem Flusse in der Ferne sichtbar wird.)

（川岸の間近にいた第1コーラスの男たちが最初にローエングリンの到着に気づく；ローエングリンは白鳥の曳く小舟に乗り、はるか彼方の川の上に姿を見せる。）＊19

CHOR I
男たち
第1の合唱

Seht! seht! Welch' ein seltsam Wunder! Wie? ein Schwan?
Ein Schwan zieht einen Nachen dort heran!
Ein Ritter drin hoch aufgerichtet steht; ―
Wie glänzt sein Waffenschmuck! Das Aug' vergeht
vor solchem／dem Glanz! ― Seht, näher kommt er an!
An einer gold'nen Kette zieht der Schwan!

見ろ！　見ろ！　何という奇妙な不思議だ！　なんと、白鳥か？
白鳥があそこに、小舟を曳いて近づく！
船には騎士がひとり、すっくと立っている！
その甲冑の輝きはどうだ！　眼が眩むぞ、
あれほどの輝きには―見ろ！　白鳥は近づくぞ！
白鳥は黄金の鎖で曳いている！

ヴァリアント

Seht den Ritter／immer näher kommt er schon heran／
immer näher kommt zum Ufer er heran／
Seht er naht／Seht hin! Er naht

騎士をみろ！／もう彼はどんどん近付いてくる／
どんどん岸へと彼は近づいてくるぞ／
見ろ、彼は近づく／あっちを見ろ！　彼が近づく。

(Den zweiten Chor bilden die dem Ufer entfernter stehenden Männer im Vordergrunde, welche, ohne zunächst ihren Platz zu verlassen, mit immer regerer Neugier sich fragend an die dem Ufer näher Stehenden wenden; sodann verlassen sie in einzelnen Haufen den Vordergrund, um selber am Ufer nachzusehen.)

（―第2のコーラスは岸から離れた前景の男たちで、初め、彼らは自分の場所に留ったまま、次第に好奇心を募らせて、岸近くに立っている男たちの方を尋ねたそうに向いていたが、やがて、数人づつにかたまって前景を離れ、自ら岸から様子を見ようとする。）

＊訳注19：以下、男たちが、はるか川上に現れた白鳥の騎士について目撃したままを、口々に伝えあっているさまのもとになっている歌詞は次に示す、第1の合唱の歌詞6行（押韻され、詩形をなしている）が基本になっており、ワーグナー自身の原テクストにはそれ以上は記していない。しかし、以降、個々に歌われる文句は時間を追いながら、この6行のヴァリアントになっているので、それらの原文と訳の大部分を続けて記載しておく。第2の合唱は第1のそれに10小節遅れて入るが、その歌詞は第1のそれのヴァリアントばかりであり、詩形をなしていない。これは、この集団の性質からくるものであるが、その逐一はあらためて記しておいた。

CHOR II 男たち 第2の合唱	Wie? Wie? Was ist? Ein Schwan? (Wie,) ein Schwan? Wo? Vor einem Nachen? Einen Nachen?/ Einen Nachen zieht er heran! Wen führt er? Einen Ritter! Ein Ritter drin naht dem Strand; Wie? Was? seht, näher kommt er an! Wahrlich, ein Ritter ist's! Ein Ritter und ein Schwan! Welch seltsam Wunder! Seht! dort! dort! Seht, immer näher kommt zum Ufer er heran! An einer goldnen Kette zieht der Schwan!

どうした？ 何だ？ 白鳥だって？ どうして？ 白鳥だ？ どこに？
川舟の前に？ 川舟をか？ 白鳥が川舟を曳いてくるのだ！
誰を曳いてくる？ 騎士をだ！
舟の上の騎士は岸辺に近づく。どうして？何だ？
見ろ、彼はさらに近づく！
本当だ、騎士だ！ 騎士と白鳥だ！
何という奇妙な奇蹟だ！ 見ろ、あそこを！ あそこを！
見ろ、もう白鳥はどんどん岸へ近付いてくる！
白鳥は黄金の鎖で曳いている！

(Hier ist Lohengrin in der Biegung des Flusses rechts hinter den Bäumen dem Auge des Publikums entschwunden: die Darstellenden jedoch sehen ihn rechts in der Szene immer näher kommen.)

（ここでローエングリンは、木立の右手の向こうの、川が湾曲している所で観客の視線から消えるが、舞台上の者たちには彼が舞台の右手でますます近づいてくるのが見えている。）

(Auch die letzten eilen noch nach dem Hintergrunde; im Vordergrund bleiben nur der König, Elsa, Friedrich, Ortrud und die Frauen.)

（残っていた最後の男たちも背景へと急ぎ、前景に残っているのは国王、エルザ、フリードリヒ、オルトルートと女たちだけ。）

CHOR I und **CHOR II** 男たち 第1と 第2の合唱	Seht hin! Er naht! Seht, er naht! *(In höchster Ergriffenheit stürzen alle nach vorn.)*

見ろ、彼は近づくぞ！
見ろ、彼は近づく！

（感きわまって、皆は前景へなだれ入る。）

BEIDE CHÖRE 男たち 二つの合唱	Ein Wunder! Ein Wunder! Ein Wunder ist gekommen, ein unerhörtes, nie geseh'nes Wunder!

奇蹟だ、奇蹟だ、奇蹟が訪れた、
かつて見たことも、聞いたこともなかった奇蹟が！

(Von seinem erhöhten Platz aus übersieht der König alles. Friedrich und Ortrud sind durch Schreck und Staunen gefesselt; Elsa, die mit steigender Entzückung den Ausrufen der Männer gelauscht hat, verbleibt in ihrer Stellung in der Mitte der Bühne; sie wagt gleichsam nicht, sich umzublicken.)

（小高い所にいる国王にはすべてが見える。フリードリヒとオルトルートは恐怖と驚愕に金縛りになっている。男たちの叫びを、恍惚さを募らせて聴いていたエルザは舞台の中央の位置を動かない。敢えて振り向くまいとしているように見える。）

DIE FRAUEN
女たち

(auf die Knie sinkend)
Dank, du Herr und Gott, der Schwache beschirmet!

（跪いて）
主にして神よ、かよわい姫をご加護くださることに感謝します。

(Hier wendet sich der Blick aller wieder erwartungsvoll nach dem Hintergrunde.)

（ここで、全員の視線は期待にみちて背景に注がれる）

Dritte Szene　第3場

(Elsa hat sich umgewandt und schreit bei Lohengrins Anblick laut auf.)

（振り向いたエルザはローエングリンの姿を見て、大声で叫ぶ。）

ELSA
エルザ

Ha!

あっ！

(Der Nachen, vom Schwan gezogen, erreicht hier in der Mitte des Hintergrundes das Ufer; Lohengrin, in glänzender Silberrüstung, den Helm auf dem Haupte, den Schild im Rücken, ein kleines goldnes Horn zur Seite, steht, auf sein Schwert gelehnt, darin. — Friedrich blickt in sprachlosem Erstaunen auf Lohengrin hin. — Ortrud, die während des Gerichtes in kalter, stolzer Haltung verblieben, gerät bei dem Anblick des Schwans in tödlichen Schreck und heftet während des Folgenden starr den Blick auf den Ankömmling. Alles entblößt in höchster Ergriffenheit das Haupt.)

（白鳥に曳かれた小舟はここで、背景の中央の岸辺に着く。小舟の中には、輝かしい銀の甲冑に身を包み、頭には兜を戴き、楯を背負い、小さな黄金の角笛を脇に吊るしたローエングリンが剣に身を寄せて立っている。―フリードリヒは言葉を失うほど驚いてローエングリンを見つめている。―裁判のあいだ、冷然と誇り高い姿勢を崩さなかったオルトルートは白鳥の姿を目にして死ぬほど驚くが、以下、その眼差しを到着した騎士にぴたりと当てて離さない*20。誰もが最高の感激にひたってかぶり物を脱ぐ。）

ALLE MÄNNER und FRAUEN
男女全員

Gegrüßt, du gottgesandter Held!
Sei gegrüßt, du gottgesandter Mann!

神に遣わされた勇士よ、よくこそ来られた！
神に遣わされた方よ、よくこそ来られた！

＊訳注20：作品の大詰めでローエングリンが明かすとおり、この白鳥はオルトルートの魔法によってエルザの弟ゴットフリートが姿を変えられたものであり、それがローエングリンの小舟を曳いてきたので彼女は驚いたのである。

(Sowie Lohengrin die erste Bewegung macht, den Kahn zu verlassen, tritt bei allen sogleich das gespannteste Schweigen ein.)

（ローエングリンが小舟を降りようとするしぐさを見せるや否や、全員が固唾をのむ。）

LOHENGRIN
ローエングリン

(mit einem Fuße noch im Nachen, neigt sich zum Schwan.)
Nun sei bedankt, mein lieber Schwan!
Zieh' durch die weite Flut zurück
dahin, woher mich trug dein Kahn,
kehr' wieder nur zu unser'm Glück!
Drum sei getreu dein Dienst getan!
Leb' wohl! Leb' wohl, mein lieber Schwan!

（片足を小舟の中に残したまま、白鳥の方に身をかがめて）

可愛い白鳥よ、ありがとう！
はるかな潮路を帰ってゆくがいい、
お前の小舟が私を乗せたところまで。
こんど戻ってくるときは、ただ、我々の幸せのためだ！
だから、まめまめしく務めを果たすがいい！
さようなら、さようなら、可愛い白鳥よ！

(Der Schwan wendet langsam den Nachen und schwimmt den Fluß zurück: Lohengrin sieht ihm eine Weile wehmüthig nach.)

（白鳥はゆっくりと小舟の向きを変え、川を泳ぎ帰ってゆく。ローエングリンはしばらく悲しげに白鳥を見送る。）

DIE MÄNNER und FRAUEN
男女全員

(voll Rührung und im leisesten Flüsterton.)(Tenor I im Falsett)
Wie faßt uns selig (süßes) Grauen,
welch' holde Macht hält uns (so) gebannt? –
(Hier verläßt Lohengrin das Ufer und schreitet langsam und feierlich nach dem Vordergrund.)
Wie ist er schön und hehr zu schauen,
den solch' ein Wunder trug an's Land!

（深く感動し、ごく小さな声で）（テノールⅠは裏声で）

我々はなんと心地よい（甘美な）おののきに包まれ、
我々をなんと快い威力が（このように）呪縛していることか！
（ここでローエングリンは岸辺を離れ、ゆっくりと厳かに前景へ歩いてゆく。）
なんと彼は美しく、気高く見えることか！
これほどの奇蹟によってこの国にもたらされた彼は！

ヴァリアント

o wie so schön und hehr (ist er) zu schauen / den dieses Wunder uns trug ans Land / den solch' Wunder trug ans Land / wie schön!

何と気高く（彼は）見えることか／この奇蹟が我々の国へ齎した方は／そんな奇蹟が我が国へ齎した／なんと美しい！

第1幕第3場

LOHENGRIN
ローエングリン

(verneigt sich vor dem König.)
Heil König Heinrich! Segenvoll
mög' Gott bei deinem Schwerte steh'n!
Ruhmreich und groß dein Name soll
von dieser Erde nie vergeh'n!

（国王の前で一礼）

ハインリヒ王よ、ご機嫌うるわしう！
神があなたの剣にご加護を賜らんことを！
あなたの名が名誉にみち、偉大であって、けっして
この地上からかき消えることのないように！

KÖNIG
国王

Hab' Dank! Erkenn' ich recht die Macht,
die dich in dieses Land gebracht,
so nahst/kommst du uns von Gott gesandt?

かたじけない！ あなたをこの地へともたらした威力について、
私の判断に誤りがないとすれば、
あなたは神により、我らのもとに遣わされた身であるのか？

LOHENGRIN
ローエングリン

(mehr in die Mitte tretend.)
Zum Kampf für eine Magd zu steh'n,
der schwere Klage angetan,
bin ich gesandt: nun laßt mich seh'n,
ob ich zurecht sie treffe an! —

（より中央に進み出て）

重い告発の的にされた
乙女を守って戦うために、私は
遣わされて来たのだが、さて、
正しくその彼女に出逢うだろうか！

(Er wendet sich etwas näher zu Elsa.)
So sprich denn, Elsa von Brabant!
Wenn ich zum Streiter dir ernannt,
willst du wohl ohne Bang' und Grau'n
dich meinem Schutze anvertrau'n?

（エルザの方に少し近づき）

では、ブラバントのエルザよ、言ってほしい！
私がお前の戦士に任じられたうえは、
何の不安も、恐れもなく、その身を
私の庇護にゆだねるか？

ELSA エルザ	*(die, seitdem sie Lohengrin erblickte, wie in Zauber regungslos festgebannt war, sinkt, wie durch seine Ansprache erweckt, in überwältigend wonnigem Gefühle zu seinen Füßen.)* Mein Held, mein Retter! Nimm mich hin! Dir geb' ich alles, was ich bin!	

（ローエングリンの姿を目にしていらい、魔法にかかったように身じろぎもしなかったが、彼の語りかけに目を覚まされたかのように、幸福感に圧倒されて彼の足もとに跪く。）

私の勇士よ、救い手よ！ 私をお受けください！
私のすべてをあなたにゆだねます！

LOHENGRIN ローエン グリン	*(mit größerer Wärme)* Wenn ich im Kampfe für dich siege, willst du, daß ich dein Gatte sei?	

（さらに熱をこめて）
お前のための勝負で私が勝ちをおさめたら、
私がお前の夫となることを望むか？

ELSA エルザ	Wie ich zu deinen Füßen liege, geb' ich dir Leib und Seele frei.*21	

いま、私があなたの足もとにありますように、
体も心もあなたにゆだねます。

LOHENGRIN. ローエン グリン	Elsa, soll ich dein Gatte heißen, soll Land und Leut' ich schirmen dir, soll nichts mich wieder von dir reißen, mußt Eines du geloben mir:	

エルザ、私がお前の夫となり、
お前の国土と国民を保護し、
何ものも私をお前から離すことがなくなるためには、
一つ、お前に誓ってほしいことがある。

＊訳注21：エルザとローエングリンの台詞が脚韻sei/ freiを踏んでいて、両者の心の響きあいが詩形の上でも示される。

> *(sehr langsam)*
> Nie sollst du mich befragen,
> noch Wissen's Sorge tragen,
> woher ich kam der Fahrt,
> noch wie mein Nam' und Art!

（ごくゆっくりと）
　　お前は私にけっして問うてはならない、＊22
　　また、知ろうと気を遣ってはならない、
　　私がどこから旅してきたか、
　　私の名前と素性が何であるかを！

ELSA
エルザ

> *(leise, fast bewußtlos)*
> Nie, Herr, soll mir die Frage kommen!

（小声で、ほとんど無意識に）
　　はい、主よ、けっして疑いを起しません！

LOHENGRIN
ローエングリン

> *(gesteigert, sehr ernst)*
> Elsa! Hast du mich wohl vernommen?

（勢いを強め、きわめて厳かに）
　　エルザ、私の言葉をよく聞いたか？

> *(noch bestimmter)*
> Nie sollst du mich befragen,
> noch Wissen's Sorge tragen,
> woher ich kam der Fahrt,
> noch wie mein Nam' und Art.

（さらにきっぱりと）
　　お前は私にけっして問うではならない、
　　また、知ろうと気を遣ってはならない、
　　私がどこから旅してきたか、
　　私の名前と素性が何であるかを！

ELSA
エルザ

> *(mit großer Innigkeit zu ihm aufblickend.)*
> Mein Schirm! Mein Engel! Mein Erlöser,
> der fest an meine Unschuld glaubt!
> Wie gäb' es Zweifels Schuld, die größer,
> als die an dich den Glauben raubt?

（真摯に彼を仰ぎみて）
　　私の庇護者、私の天使、私の無実を
　　しっかりと信じてくださる救い主！
　　あなたへの信頼を失くすよりも
　　罪深い疑いなどがあり得ましょうか？

＊訳注22：この歌詞につけられる旋律がいわゆる「禁問の動機」で、《ローエングリン》の主要な示導動機のひとつ。なお、前にも述べたとおり、禁問の歌詞は《エルザの夢》と同じ、3脚の短い行で書かれており、騎士がエルザの夢語りの構文も聞き知っていて、それに合わせたとも推測できる。

	Wie du mich schirmst in meiner Not, so halt' in Treu' ich dein Gebot! あなたが苦境にある私を守ってくださるように、 あなたの命令を私は真心こめて守ります。
LOHENGRIN ローエン グリン	*(ergriffen und entzückt Elsa an seine Brust erhebend.)* 　　　Elsa! Ich liebe dich! 　　　*(Lohengrin und Elsa verweilen eine Zeitlang in der angenommenen Stellung.)* （感動し、恍惚としてエルザを胸元へ引き上げる。） 　　　エルザ、お前を愛する！ 　　　（ローエングリンとエルザはしばし、その姿勢のままでいる。）
DIE MÄNNER und FRAUEN 男たちと 女たち	*(leise und gerührt.)* Welch' (holde) Wunder (muß ich seh'n?) Ist's Zauber, der mir angetan? （感動して小声で） なんという（快い）奇蹟（を目にすること）か。 私をとりこにしているのは魔法だろうか？ *(Lohengrin geleitet Elsa zum König und übergibt sie dessen Hut.)* Ich fühl'/ fühle das Herz mir vergeh'n/ das Herz mir vergehen, schau' ich den wonnevollen / hehren Mann!*23 （ローエングリンはエルザを王のもとへ導き、その保護に委ねる。） 魂も消え入りそうな気持だ、 あの気高く/見事な方を見ていると！
LOHENGRIN ローエン グリン	*(schreitet feierlich in die Mitte des Kreises.)* Nun hört! Euch, Volk und Edlen, mach' ich kund: frei aller Schuld ist Elsa von Brabant! Daß falsch dein Klagen, Graf von Telramund, durch Gottes Urteil werd' es dir bekannt! （輪の中央に厳かに進み出て） さて、お聞きあれ！　庶民と貴族の皆々がたに告げよう： ブラバントのエルザ姫はあらゆる罪から潔白である！ テルラムント伯爵よ、そなたの訴えが偽りであることを 神の裁きによって教えよう！

＊訳注23：この4行の詩節が作曲されて、13小節にわたって展開する。テクストそのもののヴァリアントは少ないが、それぞれのパートのリズムは次第に複雑になって、短いながらも見事なテクスチュアを作り出している。

CHOR / BRABANTISCHE EDLE 合唱 ブラバント の貴族たち		*24

(erst einige, dann immer mehre, leise/heimlich zu Friedrich.)
Steh' ab vom Kampf! Wenn du ihn wagst,
zu siegen immer du vermagst.
Ist er von höchster Macht beschützt,
sag', was dein (tapf'res) Schwert dir nützt?
Steh' ab! Wir mahnen dich in Treu'!
Dein harret Unsieg, bitt're Reu'!
[Wage/Wag' ihn nicht! /Laß ab vom Kampf!
Hör' uns! Steh' ab vom Kampf!]

（初めは数人が、次いで次第に多くが、小声で/そっとフリードリヒに）
闘いから離れなさい！ 敢えて行っても、
決して勝つことはできません！
彼が至高の力に守られているとすれば、
あなたの（勇敢な）太刀も何の役に立つというのですか？
おやめなさい！ 真心から警告申し上げます！
あなたを待っているのは敗北*25と苦い悔いです！
［無茶はやめなさい！/闘いはやめなさい！
お聞きください！ 闘いから離れなさい！］*26

FRIEDRICH
フリードリヒ

(der bisher unverwandt sein Auge forschend auf Lohengrin geheftet hat.)
(heftig)
Viel lieber tot, als feig! —

（それまで、詮索の眼差しをローエングリンに向けて離さなかったが）
（激しく）
臆病であるよりは死ぬ方がはるかに益しだ！ —

Welch' Zaubern dich auch hergeführt,
Fremdling, der mir so kühn erscheint;
dein stolzes Droh'n mich nimmer rührt,
da ich zu lügen nie vermeint:
den Kampf mit dir drum nehm' ich auf,
und hoffe Sieg nach Rechtes Lauf!

どのような魔法がお前をここへ連れてきたのだろうと、
大胆そうに見える、よそ者よ、だが
お前の傲慢な脅しに私はけっして動じない、
嘘をつこうと思ったことはないからだ。
だから、お前との闘いを引き受けよう。
そして、正義の赴くまま、勝利を望もう！

---

*訳注24：ブライトコプフ版に添えられたト書。
*訳注25：「敗北」の原語Unsiegの意味は一見して明瞭だが、辞書には載っていない。この奇抜な造語はワーグナーの遊びと見られる。
*訳注26：［ ］の部分はもとの劇詩には含まれていないが、最初から4小節おくれて、バスの一部が挿入するヴァリアント。

LOHENGRIN
ローエン
グリン

Nun, König, ord'ne unser'n Kampf!
(Alles begibt sich in die erste Gerichtsstellung.)

では、王よ、我らに闘いをお命じください！
(全員が神明裁判の最初の配備につく)

KÖNIG
国王

So tretet vor, zu drei für jeden Kämpfer,
und messet wohl den Ring zum Streite ab!

では、おのおのの戦士のため、三人ずつ進み出て、
しかと闘いのリングの寸法を取れ！*27

(Drei sächsische Edle treten für Lohengrin, drei brabantische für Friedrich vor: sie schreiten feierlich an einander vorüber und messen so den Kampfplatz ab; als die sechs einen vollständigen Kreis gebildet haben, stoßen sie die Speere in die Erde.)

(ローエングリンのために3人のザクセンの貴族が、フリードリヒのために3人のブラバントの貴族がそれぞれの側から進み出て、厳かに真中で行き違い、最後に輪の形を作ったとき、彼らは槍を地面に突き立てる。)

DER HEERRUFER
軍令使

(in der Mitte des Kampf-Ringes)
Nun höret mich, und achtet wohl:
den Kampf hier keiner stören soll!
Dem Hage bleibet abgewandt,
denn wer nicht wahrt des Friedens Recht,
der Freie büß' es mit der Hand,
mit seinem Haupte büß' es der Knecht!

(闘いのリングの中央で)
さて、耳を傾け、よく注意して頂きたい！
この闘いは誰も邪魔立てしてはならない！
闘いの囲いから距離を保つように！
裁判の平安の掟を乱す者は、
自由民ならその片手を、
兵卒ならその首を犠牲にせねばならない！

ALLE MÄNNER
男たち全員

Der Freie, büß' es mit der Hand,
mit seinem Haupte büß' es der Knecht!

自由民ならその片手を、
兵卒ならその首を犠牲にせねばならない！

---

*訳注27：続くト書にも見られるように、リングの測量も神明裁判の細々(こまごま)した儀式の一部なのである。

DER HEERRUFER 軍令使		*(zu Lohengrin und Friedrich.)* Hört auch, ihr Streiter vor Gericht! Gewahrt in Treue Kampfes Pflicht! Durch bösen Zaubers List und Trug stört nicht des Urteils Eigenschaft! Gott richtet euch nach Recht und Fug,— so trauet ihm, nicht eurer Kraft!

（ローエングリンとフリードリヒに）
神明裁判に臨む戦士がたよ、よくお聞きあれ！
闘いの場の作法を誠実に守っていただきたい！
悪質な魔法の詐術を用いて
神明裁判の本質を損じないでいただきたい！
神はあなたがたを正当に裁かれるから、
信をば、あなた自身の力ではなく、神に寄せなさい！

LOHENGRIN und FRIEDRICH
ローエングリンとフリードリヒ

(Beide zu beiden Seiten außerhalb des Kampfkreises stehend.)
Gott richte mich nach Recht und Fug!
So trau' ich ihm, nicht meiner Kraft!

（闘いの輪の外の両側にたち）
神が私を正当に裁かれるように！
自分の力ではなく、神に信を寄せます！

DER KÖNIG
国王

(schreitet mit großer Feierlichkeit in die Mitte vor.)
Mein Herr und Gott, nun ruf' ich dich,
　(Hier entblößen alle das Haupt und lassen sich zur feierlichsten Andacht an.)

（厳かに中央に進み出て）
主なる神よ、お願いいたします！
　（ここで全員が、かぶり物をとり、敬虔な祈りを捧げる。）

daß du dem Kampf zugegen sei'st!
Durch Schwertes Sieg ein Urteil sprich,
das Trug und Wahrheit klar erweis't.
Des Reinen Arm gib Heldenkraft,
des Falschen Stärke sei erschlafft:—
so hilf uns, Gott, zu dieser Frist,
weil uns're Weisheit Einfalt ist,
weil uns're Weisheit Einfalt ist.

どうか、この闘いの場に臨んでください！
剣の勝利により判決を言い渡し、
偽りと真実とを明かしてください！
潔白な者の腕には勇士の力を与え、
偽る者の力を阻喪させて。
神よ、今こそ、我らを助けたまえ！
我らの知恵は無知に等しいゆえ、
我らの知恵は無知に等しいゆえ。

ELSA und LOHENGRIN エルザと ローエン グリン	Du kündest nun dein wahr' Gericht, mein Gott und Herr, drum zag' ich nicht! あなたは今や真の裁きを顕わされるゆえ、 主なる神よ、私はひるみません！
ORTRUD オルトルート	Ich baue fest auf seine Kraft, die, wo er kämpft, ihm Sieg verschafft. 彼の力に固く信を置こう、 戦う彼に常に勝利をもたらしている力に。
FRIEDRICH フリードリヒ	Ich geh' in Treu' vor dein Gericht! Herr Gott,(nun) verlass' mein' Ehre nicht! 誠実にあなたの裁きに臨みましょう、 神よ、（いまや）私の名誉を見放さないでください！
DER KÖNIG 国王	Mein Herr und Gott, dich rufe ich! Nun künd'uns, nun künde uns dein wahr' Gericht! Mein Herr und Gott, dich rufe jetzt ich an, daß du dem Kampf zugegen sei'st! Durch Schwertes Sieg sprich dein Urteil, das Trug und Wahrheit klar erweist: so künde nun dein wahr' Gericht, Herr, mein Gotte, so künde uns dein wahr' Gericht! Mein Herr und Gott, nun zög're nicht, Herr, mein Gott, nun zög're nicht! 我が主なる神よ、お願いいたします、 どうか、真の裁きをお示し、お示しください！ 主なる神よ、いまこそ、お願いいたします、 闘いに臨んでください！ 剣の勝利により判決を言い渡し、 偽りと真実とを明かして、 いまこそ、真の裁きをお示しください！ 主よ、我が神よ、我らに真の裁きをお示しください 主なる神よ、躊躇わないでください！ 主よ、神よ、躊躇わないでください！

ALLE MÄNNER (DER HEERRUFER mit dem 1. Baß) 男たち全員 （軍令使は第1バスとともに）	Des Reinen Arm gib Heldenkraft, des Falschen Stärke sei erschlafft: so hilf uns, Gott, zu dieser Frist, weil uns're Weisheit Einfalt ist! So künde nun dein wahr Gericht, du Herr und Gott, nun zög're nicht!

けがれない者の腕には勇者の力を与え、
偽る者の力を阻喪させて。
神よ、今こそ、我らを助けたまえ！
我らの知恵は無知に等しいゆえ。
今こそ、どうか、真の裁きをお示しください！
主にして神よ、どうか躊躇わないでください！

DIE FRAUEN 女たち	Mein Herr und Gott! Segne ihn! Segne ihn! Herr, mein Gott! Herr, mein Gott, mein Gott, segne ihn!

主にして神よ、あの方に祝福を！ あの方に祝福を！
主なる神よ！ 主なる神よ、神よ、あの方に祝福を賜われ！

(Alle treten unter großer, feierlicher Aufregung an ihre Plätze zurück; die sechs Kampfzeugen bleiben bei ihren Speeren dem Ringe zunächst; die übrigen Männer stellen sich in geringer Weite um ihn her. Elsa und Frauen im Vordergrunde unter der Eiche bei dem Könige. - Auf des Heerrufers Zeichen blasen die Trompeter den Kampfruf: Lohengrin und Friedrich vollenden ihre Waffenrüstung.)

（全員が大きな、厳かな感激にひたりつつ、もとの場所に戻る。6人の闘いの立会人はそれぞれの槍のもと、リングの間近に残る。残りの男たちはリングを囲み、僅かに離れて立つ。エルザと女たちは前景の樫の木の下にいる国王の傍らにいる。—— 軍令使の合図を受け、ラッパ吹きが闘い開始の信号を鳴らす。ローエングリンとフリードリヒは闘いの身支度をし終える。）

(Der König zieht sein Schwert aus der Erde und schlägt damit dreimal auf den an der Eiche aufgehängten Schild.)(Erster Schlag: Lohengrin und Friedrich treten in den Ring.)
(Zweiter Schlag: Sie legen den Schild vor und ziehen das Schwert.)(Dritter Schlag: Sie beginnen den Kampf; Lohengrin greift zuerst an.)

（国王は地面から刀を抜き、樫の木に吊るしてある楯をその刀で3回たたく。）（第1打：ローエングリンとフリードリヒがリングの中に入る。）（第2打：二人は楯を前に構え、剣を抜く。）（第3打：二人は闘いを始める。ローエングリンが先に仕掛ける。）

(Hier / Nach mehreren ungestümen Gängen streckt Lohengrin mit einem weitausgeholten Streiche Friedrich nieder.).
(- Friedrich versucht sich wieder zu erheben, taumelt einige Schritte zurück und stürzt zu Boden.) (Mit Friedrichs Fall ziehen die Sachsen und Thüringer ihre Schwerter aus der Erde, die Brabanter nehmen die ihrigen auf.)

（猛烈な数合ののち、大きく振りかぶった一撃でローエングリンはフリードリヒを打倒す。）（—フリードリヒは身を立てなおそうとして、数歩よろめき退き、地面に倒れる。）（フリードリヒが倒れると、ザクセンとテューリンゲンの男たちは刀を地面から抜く。ブラバント人は刀を取り上げる。）

LOHENGRIN ローエン グリン	*(das Schwert auf Friedrich's Hals setzend.)* 　Durch Gottes Sieg ist jetzt dein Leben mein: — （剣をフリードリヒの首に当てて） 　神が勝利を収められたのだ。お前の命は今や私の物である。 *(von ihm ablassend.)* 　ich schenk' es dir! — mög'st du der Reu' es weih'n! （彼から手を引き） 　命はお前に呉れてやる！ — 悔い改めるに使うがいい！ *(Alle Männer nehmen ihre Schwerter wieder an sich und stoßen sie in die Scheiden: die Kampfzeugen ziehen die Speere aus der Erde: Der König nimmt sein Schild von der Eiche. Alles stürzt jubelnd nach der Mitte und erfüllt so den vorherigen Kampfkreis. Elsa eilt auf Lohengrin zu.)* （男たち全員は刀をとって鞘におさめる。闘いの立会人たちは地面から槍を引きぬく。国王は楯を樫の木から外す。全員が歓呼しながらなだれを打って中央に押し寄せ、先ほどの闘いのリングを満たす。エルザはローエングリンのもとへ急ぐ。）
MÄNNER UND FRAUEN 男たちと 女たち	Sieg! Sieg! Sieg! Heil! Heil dir, Held! 勝った！ 勝った！ 勝った！ 万歳！ 万歳！ 勇士よ、万歳！
KÖNIG 国王	*(sein Schwert ebenfalls in die Scheide stoßend)* 　Sieg! （同じく刀を鞘におさめながら） 　勝った！ *(Der König führt Elsa Lohengrin zu.)* （国王はエルザをローエングリンのもとへ導く。）

ELSA
エルザ

> O fänd' ich Jubelweisen,
> deinem Ruhme gleich,
> dich würdig zu preisen,
> an höchstem Lobe reich!
> In dir muß ich vergehen,
> vor dir schwind' ich dahin!
> Soll ich mich selig sehen,
> nimm alles, alles, was ich bin,
> nimm alles, nimm alles, was ich bin!
> *(Sie sinkt an Lohengrins Brust.)*

ああ、あなたの名声に等しい
歓呼の調べが見つかればいい、
こよない讃嘆をつらねて
あなたを褒めたたえるに相応しい調べが！
私はあなたの中に消え入ってしまう、
あなたを前にしてかき消えてしまう。
私が至福を味わうためなら、
私のありのたけを受け取って、
私のありのたけを受け取ってください！
（ローエングリンの胸に身をあずける。）

DER KÖNIG, DIE MÄNNER
国王、男たち

> Ertöne, (ertöne,) Siegesweise,
> dem Helden laut zum (höchsten) Preise!
> Ruhm deiner Fahrt!
> Preis deinem Kommen!
> Heil deiner Art,
> Schützer der Frommen!
> Ruhm deiner Fahrt!
> Heil deiner Art!

轟け、（轟け、）勝利の調べよ、
高らかに、勇士を（こよなく）讃えて！
あなたの遠征に誉れあれ！
あなたの到来に賞讃あれ！
あなたの素性に栄えあれ、
敬虔なる者たちの守護者よ！
あなたの遠征に誉れあれ！あなたの素性に栄えあれ！

第1幕第3場

	(in wachsender Begeisterung) Du hast gewahrt das Recht der Frommen! Preis deiner Fahrt!/ deinem Kommen! Heil/ gesegnet deiner Art!
	（感激を募らせて） あなたは敬虔なる者たちの正義を守った、 あなたの遠征/到来に誉れあれ！ あなたの素性に栄えあれ！
DIE MÄNNER 男たち	*(in höchster Begeisterung)* Dich nur besingen wir, dir schallen uns're Lieder! Nie kehrt ein Held gleich dir zu diesen Landen/in diese Lande wieder!
	（最高の感動にひたって） ただあなたを讃え、歌おう、 我らが歌はあなたに響け！ あなたに等しい勇士が再び この国に戻ることはない！
ORTRUD オルトルート	*(die Friedrichs Fall mit Wut gesehen, den finstern Blick unverwandt auf Lohengrin geheftet.)* Wer ist's, der ihn geschlagen? Durch den ich machtlos bin? Sollt' ich vor ihm verzagen, wär' all' mein Hoffen hin?
	（フリードリヒの敗北を怒りをもって見届けたあと、暗い視線をローエングリンに当てて離さず。） あの人を打ち破ったのは何ものなのか？ その力により、私が無力になったのは？ 彼に対すると私は怯んでしまうのか、 まさか、私の望みはすべて消え去ったのでは？
DER KÖNIG 国王	Preis deiner Fahrt! Heil deiner Art! あなたの遠征に誉れあれ！ あなたの素性に栄えあれ！

DIE FRAUEN (Sopran) 女たち （ソプラノ）	Wo fänd' ich Jubelweisen, seinem Ruhme gleich, ihn würdig zu preisen, an höchstem Lobe reich! ihn würdig zu preisen, ihn würdig zu preisen, Heil! Heil! Deinem Kommen!	

ああ、あの方の名声に等しい
歓呼の調べがどこに見つかるのでしょうか、
こよない讃嘆をつらねて
あの方を褒めたたえるに相応しい調べが！
こよない讃嘆をつらねて
あの方を褒めたたえるに相応しい、あの方を褒めたたえるに相応しい調べが！
万歳！ 万歳！ あなたの到来に賞讃あれ！

DIE FRAUEN(Alt), DIE MÄNNER 女たち(アルト)、 男たち	Du hast gewahrt das Recht der Frommen! Heil (sei) deinem Kommen! (und) Heil deiner Fahrt!	

あなたは敬虔なる者たちの正義を守った、
あなたの到来に賞讃あれ！ あなたの遠征に誉れあれ！

LOHENGRIN ローエン グリン	*(Elsa von seiner Brust erhebend)* Den Sieg hab' ich erstritten durch deine Rein' allein; nun soll, was du gelitten, dir (ja) reich vergolten sein!	

（エルザを胸もとから抱えあげ）
私が勝利を勝ちえたのは
ひとえにお前の純潔さのたまものだ！
今こそ、お前の被った苦難は
（まさに）十分に償われなければならない！*28

＊訳注28：これに応えてエルザは先ほどと同じ歌詞「ああ、あなたの名声に」をうたう（行の入れかわり、繰返しもあるが）。

FRIEDRICH フリードリヒ	*(sich am Boden qualvoll windend.)* Weh, mich hat Gott geschlagen, *29 durch ihn, durch ihn ich sieglos bin; durch ihn, durch ihn ich sieglos bin! Am Heil muß ich verzagen! Mein' Ruhm und Ehr' ist hin/dahin!	

（地面で苦しげにのたうちながら）
災いなるかな、神は私を打ち破った、
神によって私は勝利を失った、
神によって私は勝利を失った！
救いは思い切らねばならない、
名声と名誉は去ったのだ！

DIE FRAUEN(Alt), **DIE MÄNNER** 女たち(アルト)、男たち	Gesegnet deine Fahrt! Heil! Heil! *30

あなたの遠征に誉れあれ！ 幸あれ、幸あれ！

DER KÖNIG, DIE **FRAUEN,** **DIE MÄNNER** 国王、女たち、男たち	Ertöne, Siegesweise, dem Helden laut zum höchsten Preise!

轟け、勝利の調べよ、
高らかに、勇士をこよなく讃えて！

DIE FRAUEN, **DIE MÄNNER** 女たち、男たち	Ruhm deiner Fahrt, Preis deinem Kommen! Heil deiner Art, Schützer der Frommen! Preis deiner Fahrt! Heil deiner Art! Dir tönen Siegesweisen! Heil deiner Fahrt, deiner Art!

あなたの遠征に誉れあれ、あなたの到来に賞讃あれ！
敬虔なる者たちの庇護者の素性に幸あれ！
あなたの遠征に賞讃あれ、あなたの素性に幸あれ！
あなたに勝利の調べよ、響け！
あなたの遠征と素性に幸あれ！

Heil deiner Fahrt! Heil deinerFahrt,
Heil deinem Kommen! Heil deiner Fahrt!
Heil! Heil!
Heil dir! Heil dir! Heil deiner Art!

あなたの遠征に幸あれ！ あなたの遠征と素性に幸あれ！
あなたの到来に幸あれ！ あなたの遠征に幸あれ！
万歳！ 万歳！
あなたに幸あれ！ あなたに幸あれ！ あなたの素性に幸あれ！

＊訳注29：このフリードリヒの恨みの台詞によって、第1幕の結びのフィナーレ(調号は変ロ長調) が始まる。以下、折々に加わるテクストのヴァリアントを挙げる。
＊訳注30：この歌詞を歌い終わると、以下の歌詞に声をそろえる。

DER KÖNIG 国王	Ruhm deiner Fahrt! Heil deiner Art! Ruhm deiner Fahrt! Heil deiner Art! Heil deiner Art! Heil! Heil! Heil deinem Kommen! Heil deiner Fahrt! Heil deiner Fahrt! Heil deinem Kommen Heil deiner Fahrt! Heil, Heil deinem Kommen! Heil deiner Fahrt, deiner Art!
	あなたの遠征に賞讚あれ、あなたの素性に幸あれ！ あなたの遠征に賞讚あれ、あなたの素性に幸あれ！ あなたの素性に幸あれ！ 万歳！ 万歳！ あなたの到来に幸あれ！ あなたの遠征に幸あれ！ あなたの遠征に幸あれ！ あなたの遠征に幸あれ！ あなたの遠征と素性に幸あれ！
DER KÖNIG, DIE FRAUEN, DIE MÄNNER 国王、 女たち、 男たち	Heil dir! Preis dir! Heil dir! Heil dir! Heil dir! Heil dir!
	あなたに幸あれ！ あなたに賞讚を！ 万歳！ 万歳！ あなたに幸あれ！ あなたに幸あれ！

(Friedrich sinkt zu Ortruds Füßen ohnmächtig zusammen.) (Junge Männer(Sachsen) erheben Lohengrin auf seinen Schild und (die Brabanter) Elsa auf den Schild des Königs, auf welchen zuvor mehrere ihre Mäntel gebreitet haben: so werden beide unter Jauchzen davon getragen.)

（フリードリヒはオルトルートの足もとに気を失ってくず折れる。）（若者たち（ザクセン人）がローエングリンを彼の楯の上に、また（ブラバント人は）エルザを、前もって何人かがその外套を広げておいた王の楯の上に担ぎあげる；そうして二人は歡呼のなか、運ばれて行く。）

Der Vorhang fällt.　　　　　　　　　　幕が下りる。

第 2 幕
Zweiter Aufzug

Erste Szene 第 1 場

Der Vorhang geht auf.

幕が上がる。

Die Szene ist in der Burg von Antwerpen: Im / In der Mitte des Hintergrundes der Pallas [Ritterwohnung], links im Vordergrunde die Kemenate [Frauenwohnung]; rechts im Vordergrunde die Pforte des / der Münsters; ebenda im Hintergrunde das Turmtor.

Es ist Nacht. Die Fenster des Pallas sind hell erleuchtet; aus dem Pallas hört man jubelnde Musik, Hörner und Posaunen klingen lustig daraus her.

Friedrich und Ortrud, beide in dunkler/düst'rer knechtischer / ärmlicher Tracht / Kleidung sitzen auf den Stufen des Münsters / zur Münsterpforte: Friedrich blickt finster in sich gekehrt zur Erde. Ortrud, die Arme auf die Kniee gestützt, heftet die Augen unverwandt auf die hellerleuchteten/leuchtenden Fenster des Pallas gerichtet.. Langes, düst'res Schweigen.

Aus dem Pallas hört man jubelnde Musik.

舞台はアントワープ城内。背景の奥の中央には城の本丸［騎士の館］、女官の館は前景の左手；前景右手には城内聖堂の扉；その後ろには城門の塔。

夜更けである。本丸の窓はいずれも明るく輝き、ホルンとトロンボーンの楽しげな音楽がそこからに響いてくる。

聖堂の扉に通じる石段にはフリードリヒとオルトルートが腰をおろしている。二人とも、黒い、下僕のような/粗末な服装。フリードリヒは暗い沈思の眼差しを地面に落としたまま。オルトルートは両腕を膝で支え、本丸の明るい窓に目を向けて離さない。長く、陰鬱な沈黙。

本丸から楽しげな音楽が響いてくる。

FRIEDRICH
フリードリヒ

(erhebt sich rasch. / indem er hastig aufsteht.)
Erhebe dich, Genossin meiner Schmach!
Der junge Tag darf hier uns nicht mehr seh'n.

（せかせかと立ち上がり）

立ちなさい、わが屈辱の同志よ！
我々の姿を明けそめた朝に見られてはならないのだ。

ORTRUD
オルトルート

(ohne ihre Stellung zu ändern / verlassen.)
Ich kann nicht fort: hierher bin ich gebannt.
Aus diesem Glanz des Festes uns'rer Feinde
laß saugen mich ein furchtbar tödtlich Gift,
das uns're Schmach und ihre Freuden ende!

（その姿勢を変えようとはせず）

ここから立ち去れるものですか。私はこの場所に呪縛されている。
私たちの敵どもの宴の輝きから私に
恐ろしい致命的な毒を吸い取らせ、
私たちの屈辱と彼らの喜びに終りをもたらすように！

FRIEDRICH
フリードリヒ

(finsteren Blickes vor Ortrud hintretend.)
Du fürchterliches Weib! was bannt mich noch
in deine Nähe? *(mit schnell wachsender Heftigkeit.)*
Warum lass' ich dich nicht
allein, und fliehe fort, dahin, dahin, — *(schmerzlich.)*
wo mein Gewissen Ruhe wieder fänd'?

（不気味に/な眼差しでオルトルートの前に来て）
お前は恐ろしい女だ！ 尚も私をお前の近くへと呪縛するのは
何だ？ （急に激しい口調になり）
なぜ、俺はお前を一人残し、
逃げないのか？ 彼方へ、彼方へ—（悲痛に）
俺の良心が再び安らぎを見出す場所へ？

(Im heftigsten Ausbruch schmerzlicher Leidenschaft und Wut.)
　　Durch dich mußt' ich verlieren
　　mein' Ehr', all' meinen Ruhm;
　　nie soll mich Lob mehr zieren,
　　Schmach ist mein Heldentum!

（悲痛な情熱と怒りを激しくほとばしらせて）
　お前のせいで、俺は失わざるを
　得なかったのだ、名誉とあらゆる名声を。
　もはや俺を賞讃が飾ることはないだろう、
　恥辱こそは俺の武名なのだ！

　　Die Acht ist mir gesprochen,
　　zertrümmert liegt mein Schwert,
　　mein Wappen ward zerbrochen,
　　verflucht mein Vaterherd!
　　Wohin ich nun mich wende,
　　gefloh'n, gefehmt bin ich;
　　daß ihn mein Blick nicht schände,
　　flieht selbst der Räuber mich.

　俺には追放・放逐の処分*31が課せられ、
　俺の剣は破片となって転がっている。
　我が家紋は砕かれ、
　祖先伝来のかまどは呪われた！
　足をいずこへ向けようとも、
　俺は疎んじられ、避けられる。
　盗賊すら自分の眼差しがけがれぬように、
　俺から逃げてゆくのだ。

＊訳注31：（神聖ローマ帝国においては）追放・放逐の処分を受けた人物はすべての権利と財産を失い、法律上は死者と見なされ、何人も彼を傷つけたり、殺したり、所有物を奪ったりしても処罰されなかった。彼は自動的に社会から追放され、彼に助力した人間も同じ処分を受ける。

> Durch dich mußt' ich verlieren
> mein' Ehr', all' meinen Ruhm;
> nie soll mich Lob mehr zieren,
> Schmach ist mein Heldentum!
> Die Acht ist mir gesprochen,
> zertrümmert liegt mein Schwert,
> mein Wappen ward zerbrochen,
> verflucht mein Vaterherd!

お前のせいで、俺は失わざるを
得なかったのだ、名誉とあらゆる名声を。
もはや俺を賞讃が飾ることはないだろう、
恥辱こそは俺の武名なのだ！
俺は法律による保護を全てはずされ、
俺の剣は破片となって転がっている。
我が家紋は砕かれ、
祖先伝来のかまどは呪われた！

> O hätt' ich Tod erkoren, *(fast weinend.)*
> da ich so elend bin! *(in höchster Verzweiflung.)*
> Mein' Ehr', mein' Ehr' hab' ich verloren,
> mein' Ehr', mein' Ehr' ist hin!
> Mein' Ehr', mein' Ehr' ist hin!

ああ、これほどにみじめであるのなら、（泣かんばかりに）
死を選べばよかったのだ！（絶望のきわみに達して）
名誉を、名誉を俺は失った。
名誉は、名誉は去ってしまった！
名誉は、名誉は去ってしまった！

(Von wütendem Schmerze überwältigt / erfaßt stürzt er zu / auf den Boden zusammen.)
(Musik / Hörner und Posaunen tönen von Neuem aus dem /vom Palas her.)

（怒りと苦しみのあまり、地面にくず折れる。）
（またもや、本丸からホルンとトロンボーンの音楽が聞こえてくる。）

ORTRUD
オルトルート

(immer in ihrer ersten / vorigen Stellung, während / nach längerem Schweigen und ohne auf Friedrich zu blicken, welcher sich langsam wieder vom Boden erhebt.)
Was macht dich in so wilder Klage doch
vergeh'n?

（以前からの姿勢をずっと崩さない。ひとしきり沈黙を続けたあと、フリードリヒがいまや
ゆっくりと身を起こそうとするのには見向きもせずに。）
何故あなたは、身も世もあらぬ嘆きにそれほど激しく
浸るのです？

FRIEDRICH フリードリヒ	*(mit einer heftigen Bewegung gegen Ortrud.)* 　　　　　Daß mir die Waffe selbst geraubt, mit der ich dich erschlüg'!	

(オルトルートに襲いかからんばかりの身振りで)
　　　　　お前を殺してやろうにも、
その得物が奪われているのだ！

ORTRUD オルトルート	*(mit ruhigem Hohne.)* 　　　　　　　　Friedreicher Graf von Telramund! Warum mistrau'st du mir?	

（平然と嘲りを見せて）
　　　　　　　なんと呑気な*32
フォン・テルラムント伯爵！　なぜ、私に不信の念を？

FRIEDRICH フリードリヒ	Du fragst? War's nicht dein Zeugnis, deine Kunde, die mich bestrickt, die Reine zu verklagen?	

よくもそんな問いを？　あの清純な女を告発せよと、
俺を籠絡したのはお前の証言、お前の情報ではなかったのか？

Die du im düst'ren Wald zu Haus, log'st du
mir nicht, von deinem wilden Schlosse aus
die Untat habest du verüben seh'n?

小暗い森を棲家にするお前は、
お前の荒れ果てた城から、あの凶行が
行われるのが見えたと、俺に嘘をついたのでは？

mit eig'nem Aug', wie Elsa selbst den Bruder
im Weiher dort ertränkt? — Umstricktest du
mein stolzes Herz durch die Weissagung nicht,
bald würde Radbod's alter Fürstenstamm
von neuem grünen und herrschen in Brabant?

エルザがその手で弟を池で溺れさせるのを、
自分の眼で見届けたなどと？　—　俺の誇らかな心を、
いずれ、領主ラートボートの由緒ある血筋は
ブラバントに返り咲いて統治すると、
お告げめいた言い草で丸めこみはしなかったのか？

＊訳注32：「呑気な」と訳したfriedreichは、フリードリヒの名をもじったワーグナーの造語。

Bewog'st du so mich nicht, von Elsa's Hand,
der Reinen, abzusteh'n, und dich zum Weib
zu nehmen, weil du Radbod's letzter Sproß?

そう言って、清純なエルザとは手を切り、
ラートボートの末裔だから、自分を
娶れと、俺を唆したのではなかったか？

ORTRUD
オルトルート
(leise, doch grimmig.)
Ha, wie tödlich du mich kränkst! —
(laut)
Dies alles, ja, ich sagt' und zeugt' es dir!

（小声だが、怒りを含んで）
まあ、私を非道く侮辱したわね！
（大声で）
そういった全てを、私は言ったわ、あなたに証言したわ！

FRIEDRICH
フリードリヒ
(sehr lebhaft.)
Und machtest mich, dess' Name hochgeehrt,
dess' Leben aller höchsten Tugend Preis,
zu deiner Lüge schändlichem Genossen?

（激しく）
そうして、その名も高く尊敬され、
あらゆる美徳の主ともいわれる俺を
お前の嘘偽りの不名誉な共犯者に仕立てたのだな？

ORTRUD
オルトルート
(trotzig.)
Wer log?

（反抗的に）
偽ったのは誰？

FRIEDRICH
フリードリヒ
Du! — Hat nicht durch sein Gericht
Gott mich dafür geschlagen?

お前だ！——神は神明裁判を
通じて俺を打ち破ったではないか？

ORTRUD
オルトルート
(mit fürchterlichem Hohne.)
Gott?

（恐ろしいほどの嘲りをこめて）
神、ですって？

FRIEDRICH
フリードリヒ
Entsetzlich!
Wie tönt aus deinem Munde furchtbar der Name!

身の毛もよだつぞ！
お前の口から神の御名が凄まじく響くのは！

ORTRUD オルトルート	Ha, nennst du deine Feigheit Gott?	
	おや、あなたは自分の臆病さを神と呼ぶのね?	
FRIEDRICH フリードリヒ	Ortrud!	
	オルトルート!	
ORTRUD オルトルート	Willst du mir droh'n? mir, einem Weibe, droh'n?	
	あなたは私を脅そうというのね? 女である私を ― 脅そうと?	
	O Feiger! hättest du so grimmig ihm gedroht, der jetzt dich in das Elend schickt,— wohl hättest Sieg statt Schande du erkauft! Ha, wer ihm zu entgegnen wüßt', der fänd' ihn schwächer als ein Kind!	
	ああ、臆病者! あの時、それほど憤(いきどお)って彼を、 あなたを悲惨に送り込んだ彼を、脅していたならば、 あなたは、恥辱の代わりに勝利を得ていたでしょうに! ああ、彼に応酬(おうしゅう)するすべが分かった者なら、 彼が子供よりも弱いと見抜いたはずよ!	
FRIEDRICH フリードリヒ	Je schwächer er, desto gewalt'ger kämpfte Gottes Kraft!	
	彼が弱ければ、それだけ、 神の力は強力に戦ったはずだ。	
ORTRUD オルトルート	Gottes Kraft? Ha! ha! — (Nur einenTag)*33 Gib mir die/Gib hier mir Macht, und sicher zeig' ich dir, welch' schwacher Gott es ist, der ihn beschützt.	
	神の力ですって? ハハッ!―(私にたった一日)、 力をくだされば、見せてあげるわ、彼を 護っているのがどんなに弱い神であるかを。	
FRIEDRICH フリードリヒ	*(vor heimlichem Schauer ergriffen, mit leiser, bebender Stimme /erbebend.)* Du wilde Seherin! wie willst du doch geheimnisvoll den Geist mir neu berücken?	
	(ひそかな戦慄に見舞われ, 震える小声で/ 震えながら) 恐るべき千里眼(せんりがん)だな! 俺の心をまたもや 妖(あや)しく魔法でたぶらかそうとするのだな?	

---

*訳注33:(Nur einenTag/私にたった一日)は元の劇詩にはあったが、作曲されなかった。下線部分はブライトコプフ版のヴァリアント。

ORTRUD オルトルート	*(auf den Palas deutend, in dem das Licht verlöscht / es finster geworden ist.)* Die Schwelger streckten sich zur üpp'gen Ruh'; setz' dich zur Seite mir! Die Stund' ist da, wo dir mein Seherauge leuchten soll!	

（明りの消えた本丸を指差しつつ）
宴にうつつを抜かした者たちは傲慢な眠りについたわ。
さあ、私のそばに腰を下ろしなさい。いまこそ、
私の千里眼が輝くとき！

(Friedrich nähert sich Ortrud immer mehr, und neigt / beugt sein Ohr aufmerksam / tief zu ihr herab.)

（フリードリヒは次第にオルトルートに近づき、彼女に注意深く耳を傾ける。）

ORTRUD オルトルート	Weißt du, wer dieser Held, den hier ein Schwan gezogen an das Land?

知っていますか？白鳥などに曳かれて
この国にやってきたあの勇士が誰であるか？

FRIEDRICH フリードリヒ	Nein!

いや！

ORTRUD オルトルート	Was gäbst du doch/drum, es zu erfahren, wenn ich dir sag', ist er gezwungen zu nennen wie sein Nam' und Art, all' seine Macht zu enden ist, die mühvoll ihm ein Zauber leiht?

あなたは何をくれるかしら、
私がこう言ったとしたら？
自分の名前と素性を言わねばならぬ、
そんな破目に彼がなったら、苦労して
魔法が装わせている彼の力はすべてお終いになると？

FRIEDRICH フリードリヒ	Ha! Dann begriff' ich sein Verbot!

そうか、それで分かったぞ、奴が禁じたわけが！

ORTRUD オルトルート	Nun hör'! Niemand hier hat Gewalt, ihm das Geheimnis zu entreißen, als die, der er so streng verbot, die Frage je an ihn zu tun.

それで、お聞きなさい！ここで、
彼から秘密をもぎ取ることができるのは、
自分に問いかけることを、
彼が厳しく禁じた、あの女だけなのよ。

FRIEDRICH フリードリヒ	So gält' es, Elsa zu verleiten, daß sie die Frag' ihm nicht erließ'?	

ならば、エルザを唆して、
奴への問いを容赦（ようしゃ）などしたりせぬようにすればいいのだ！

ORTRUD オルトルート	Ha, wie begreifst du schnell und wohl!	

ああ、あなたは何と物わかりが速いのでしょう！

FRIEDRICH フリードリヒ	Doch wie soll das gelingen?	

だが、それをどうやって成功させるかだ？

ORTRUD オルトルート	Hör'! Vor allem gilt's, von hinnen nicht zu flieh'n; drum schärfe deinen Witz! Gerechten Argwohn ihr zu wecken, tritt vor, *(sehr bestimmt.)* 　　klag' ihn des Zaubers an, mit dem er das Gericht getäuscht!	

　　　　　　　　　　お聞きなさい！
何よりも大事なことは、ここから
逃げださないこと！だから、知恵を研（と）ぎ澄ますことよ！
尤（もっと）もな猜疑心をエルザに呼び覚ますために、
堂々と進み出て、（ごくきっぱりと）
　　　　神明裁判を欺（あざむ）いた
魔法を用いたかどで彼を告発しなさい！

FRIEDRICH フリードリヒ	*(mit fürchterlich wachsender innerer Wut)* Ha! Trug, und Zauber's List!	

（内心の怒りを恐ろしいほど高まらせて）
そうか！　詐術と、それに巧妙な魔法だ！

ORTRUD オルトルート	Mißglückt's, so bleibt ein Mittel der Gewalt!	

　　　　　　　　それが失敗なら、
手荒い手だても残っているわ！

FRIEDRICH フリードリヒ	Gewalt!	

手荒い、だと？

ORTRUD
オルトルート

> Umsonst nicht bin ich in geheimsten Künsten tief erfahren; drum achte wohl, was ich dir sage! Jed' Wesen, das durch Zauber stark, wird ihm des Leibes kleinstes Glied entrissen nur, muß sich alsbald ohnmächtig zeigen, wie es ist!

私が妖術の奥義に深く
通じていたことも無駄ではなかったわ。
だから、私の言うことによく注意して！
魔法のちからで強くなっている者は
誰でも、そのからだのほんのひと節でも
失えば、たちまち、その無力な正体を
さらけ出す破目になるの！

FRIEDRICH
フリードリヒ

(sehr rasch)
> Ha, spräch'st du wahr!

(間髪をいれず)
おお、お前の言うことが本当だったら！

ORTRUD
オルトルート

(lebhaft)
> O hättest du im Kampf nur einen Finger ihm, ja, eines Fingers Glied entschlagen, der Held, er war in deiner Macht!

(勢いをこめて)
ああ、あなたが
あの闘いで、指の一本でも、いや、
ただの指のひと節でも切り落していたら、
あの勇士も、あなたの思うままになったのに！

FRIEDRICH
フリードリヒ

(außer sich)
> Entsetzlich! Ha, was lässest du mich hören? Durch Gott geschlagen wähnt' ich mich: —
> *(mit furchtbarer Bitterkeit)*
> Nun ließ durch Trug sich das Gericht betören, durch Zauber's List verlor mein' Ehre ich!

(我を忘れ)
恐ろしいことだ！　何ということを私に聞かせるのだ！
自分は神の力に負けたと思っていたのに—
(ぞっとするように痛切に)
ところが、詐術によって裁きはごまかされ、
巧妙な魔法のちからで俺の名誉は失われたのだ！

Doch meine Schande könnt' ich rächen,
bezeugen könnt' ich meine Treu'?
Des Buhlen Trug, ich könnt' ihn brechen,
und meine Ehr' gewönn' ich neu? —

だが、この恥辱は、俺のまことを証明できれば、
晴らすことができるのだろうか？
エルザの情夫の詐術を打ち破れれば、
名誉を取り返せるのだろうか？—

O Weib, das in der Nacht ich vor mir seh',—
betrügst du jetzt mich noch, dann weh' dir! Weh'!

おお、闇のなか、俺の前に見えている女よ、
ここに及んでさらに俺を騙すとしたら、汝に災いあれ！

ORTRUD
オルトルート

Ha, wie du rasest! — Ruhig und besonnen!
So lehr' ich dich der Rache süße Wonnen!

まあ、何と血迷っていること！—落ち着くのです！
そうすれば、復讐の甘美な悦びを教えてあげますよ！

(Friedrich setzt sich langsam an Ortruds Seite / zu Ortrud auf die Stufen nieder.)

（フリードリヒはのろのろとオルトルートの脇の階段に腰を下ろす。）

ORTRUD und
FRIEDRICH
オルトルートと
フリードリヒ

Der Rache Werk sei nun beschworen
aus meines Busens wilder Nacht!
Die ihr in süßem Schlaf verloren,
wißt, daß für euch das Unheil wacht!
Die ihr in süßem Schlaf verloren,
wißt, daß für euch das Unheil wacht!

復讐の業よ、わが胸の荒々しい闇の底から
さあ、浮かび上がってこい！
お前たち、甘い眠りに正体も失くしている奴ら、
お前たちに災いが目覚めていることを知るがいい！
お前たち、甘い眠りに正体も失くしている奴ら、
お前たちに災いが目覚めていることを知るがいい！

(Hier öffnet sich in der Kemenate die Türe zum Söller)

（ここで、女官の館の露台に通ずる扉が開く。）

Zweite Szene　第２場

Elsa, in weißem Gewande, erscheint auf dem Söller; sie tritt an die Brüstung und lehnt den Kopf auf die Hand; Friedrich und Ortrud, ihr gegenüber auf den Stufen des Münsters sitzend..

白衣をまとったエルザが露台に現れる：彼女は手すりに近寄り、頭を手のひらに乗せる。フリードリヒとオルトルートは彼女と向かい合って聖堂の段のうえに腰をおろしている。

ELSA エルザ		Euch Lüften, die mein Klagen so traurig oft erfüllt,— euch muß ich dankend sagen, wie sich mein Glück enthüllt.

そよ風たちよ、幾度となくお前たちを
私の嘆きは悲しく満たしてきた。
いま、私の幸せが現れたのを、
感謝をこめてお前たちに告げねばならない。

ORTRUD オルトルート	Sie ist es!

彼女よ！

FRIEDRICH フリードリヒ	Elsa!

エルザだ！

ELSA エルザ	Durch euch kam er gezogen, ihr lächeltet der Fahrt,— auf wilden Meereswogen habt ihr ihn treu bewahrt.

お前たちをつたってあの方はやってきた、
お前たちは彼の船路(ふなぢ)に微笑みかけた。
荒々しい海の大波の上で
お前たちは彼をまめまめしく護ってくれた。

ORTRUD オルトルート	Der Stunde soll sie fluchen, in der sie jetzt mein Blick gewahrt!

　　　いずれ、この時をエルザは呪うがいいわ、
彼女に私の眼差しが気づいた、この時を！

ELSA エルザ	Zu trock'nen meine Zähren hab' ich euch oft gemüht, wollt Kühlung nun gewähren der Wang', in Lieb' erglüht!

私の涙を乾かすために、幾度(いくたび)、
お前たちを煩わしたことかしら。
さあ、冷ましておくれ、
愛に火照(ほて)った、この頬を！

ORTRUD オルトルート	Hinweg! Entfern' ein kleines dich von hier!

　　　　　　　　　　　　— 行きなさい！
私からしばらく離れていて！

FRIEDRICH フリードリヒ		Warum?
		なぜだ？

ORTRUD
オルトルート

Sie ist für mich, ihr Held gehöre dir!
(*Friedrich entfernt sich und verschwindet im Hintergrunde.*)

エルザは私に任せて！　あなたの持ち分は勇士の方！
（フリードリヒはその場を離れて、背景に姿を消す。）

ELSA
エルザ

Wollt Kühlung nun gewähren
der Wang', in Liebe, in Liebe, in Lieb' erglüht!
In Liebe!

さあ、冷ましておくれ、
愛に、愛に、愛に火照った、この頬を！
愛に！

ORTRUD
オルトルート

(*in ihrer bisherigen Stellung verbleibend, laut, mit klagendem Ausdruck*).
Elsa!

（元の姿勢のままで、声高に、哀れっぽく）
エルザ！

ELSA
エルザ

Wer ruft? — Wie schauerlich und klagend
ertönt mein Name durch die Nacht?

呼んでいるのは誰？―闇をとおして私の名が
何と不気味に哀れに響くことかしら！

ORTRUD
オルトルート

Elsa! —
Ist meine Stimme dir so fremd?
Willst du die Arme ganz verleugnen,
die du ins fernste Elend schickst?

エルザ！―
私の声はそれほど聞きなれないもの？‐
あなたはこの哀れな女にしらを切るつもり？
はるかな悲惨の中へあなたが突き落としている女を。

ELSA
エルザ

Ortrud! bist du's? — Was machst du hier,
unglücklich Weib?

オルトルート！　あなたなのね？―ここで何を？
不幸せな女が？

ORTRUD
オルトルート

... „Unglücklich Weib?"—
wohl hast du Recht so mich zu nennen! —

…"不幸せな女？"
あなたなら私をそう呼んでもいいかも知れない！―

In ferner Einsamkeit des Waldes,
wo still und friedsam ich gelebt, —
was tat ich dir? was tat ich dir?
Freudlos, das Unglück nur beweinend,
das lang' belastet meinen Stamm, —
was tat ich dir? was tat ich dir?

遠くの森のさびしいなかで、
静かに平和に暮らしていた私、—
私があなたに何をしたの？何をしたの？
喜びもなく、私の一族に永くのしかかっていた
不幸*34に涙しながらいた私、—
私があなたに何をしたの？ 何をしたの？

ELSA
エルザ

Um Gott, was klagest du mich an?
War ich es, die dir Leid gebracht?

まあ、何ゆえ、私を咎めるの？
あなたに苦害を加えたのは私でした？

ORTRUD
オルトルート

Wie könntest du fürwahr mir neiden
das Glück, daß mich zum Weib erwählt
der Mann, den du so gern verschmäht?

あなたはどうして私の幸せを妬んだりできるのかしら、
あなたが好んで退けたあの人が、
私を妻に選んだという幸せを？

ELSA
エルザ

Allgüt'ger Gott! Was soll mir das?

おやまあ！ それが私にどうだと言うのです？

ORTRUD
オルトルート

Mußt' ihn unsel'ger Wahn betören,
dich Reine einer Schuld zu zeih'n, —
von Reu' ist nun sein Herz zerrissen,
zu grimmer Buß' ist er verdammt.

不幸な妄想が彼を迷わせて、潔白なあなたの罪を
誣らねばならなかったとしても、—
今、彼のこころは後悔の念に千々に乱れ、
激しい贖罪をせねばならぬ身ですよ。

ELSA
エルザ

Gerechter Gott!

正義は神の側にあるのです！

＊訳注34：周囲がキリスト教化されているなかで、キリスト教以前の信仰を守っているオルトルートの一族が白い目で見られたこと。

ORTRUD
オルトルート

>   O, du bist glücklich! —
> Nach kurzem, unschuld-süßem Leiden
> siehst lächeln du das Leben nur;
> von mir darfst selig du dich scheiden,
> mich schickst du auf des Todes Spur, —
> daß meines Jammer's trüber Schein
> nie kehr' in deine Feste ein!

　　　　　　ああ、あなたは幸せですわ！—
しばしの濡れ衣を着せられ、甘美な苦痛を味わったあと、
いま、あなたは人生が微笑みかけるのをただ眺めている、
幸せに私と縁を切ることができて、
死へ通じる道に私を送り込むのです。—
亡霊じみた、みじめな私が、
あなたの祝宴にけっして現れたりしないようにと。

ELSA
エルザ

> *(sehr bewegt)*
> Wie schlecht ich deine Güte priese,
> Allmächt'ger, der mich so beglückt,
> wenn ich das Unglück von mir stieße,
> das sich vor mir im Staube bückt! —
> O nimmer! Ortrud! harre mein!
> Ich selber lass' dich zu mir ein!

（ひどく心を動かされて）
私をこれほど幸せにして下さった神よ、
あなたの御心を讃え損ねたことになるでしょうね、
私の眼の前のちりの中に身をかがめている
不幸せな人を突き放しなぞしたら！
ええ、決してしはしない！— オルトルート、
お待ちなさい！　私自身で中へ入れてあげるわ。

(Sie eilt in die Kemenate zurück. — Ortrud springt in wilder Begeisterung von den Stufen auf.)

（エルザは女官の館の中へ急ぎ戻る。—オルトルートは激しく昂奮し、階段の上で飛び上がる。）

ORTRUD
オルトルート

Entweihte Götter! Helft jetzt meiner Rache!
Bestraft die Schmach, die hier euch angetan!
Stärkt mich im Dienst eurer heil'gen Sache!
Vernichtet der Abtrünn'gen schnöden Wahn!
　　Wodan! Dich Starken rufe ich!
　　Freia! Erhab'ne, höre mich!
　　Segnet mir Trug und Heuchelei,
　　daß glücklich meine Rache sei!

辱（はずかし）められてきた神々よ！　今こそ私の復讐に手を貸して下さい！
ここであなた方に加えられた屈辱を罰して下さい！
あなたがたの神聖な御わざに仕える私にご加勢を！
背いた者たちの無礼な思い上がりを砕いて下さい！
　　力強い神、ヴォーダン*35よ、あなたを呼びます！
　　崇高な女神フライア、聞いて下さい！
　　私の行う詐（いつわ）りと偽善に祝福を下さい、
　　この復讐が成功するようにと！

ELSA
エルザ

(noch außerhalb)
Ortrud! wo bist du?
　　　　　　(Elsa und zwei Mägde mit Lichten treten aus der unteren Tür auf.)

（まだ、舞台の外にいて）
オルトルート、どこにいます？
　　　　　　（エルザと二人の侍女が舘の下の扉から登場）

ORTRUD
オルトルート

(sich demütig vor Elsa niederwerfend.)
　　　　　　　Hier, zu deinen Füßen!

（恭順にエルザの前に身を投げて）
　　　　　　ここ、あなたの足もとに！

---

*訳注35：ヴォーダン、北欧神話のオーディンに相当するゲルマン神話の主神。ワーグナーは後の「ニーベルングの指環」ではヴォータンWotanという形を用いている。

ELSA
エルザ

(bei Ortruds Anblick erschreckt zurücktretend.)
Hilf Gott! So muß ich dich erblicken,
die ich in Stolz und Pracht nur sah!
Es will das Herze mir ersticken,
seh' ich so niedrig dich mir nah! —
Steh' auf! O, spare mir dein Bitten!
Trug'st du mir Haß, verzieh ich dir;
was du schon jetzt durch mich gelitten,
das, bitte ich, verzeih' auch mir!
das, bitte ich, verzeih' auch mir!

(オルトルートの姿に気づいて驚き、後ずさりする。)
まあ、誇り高く栄華に身を包んでばかりいた
あなたが、このような姿でいるのを見るとは！
この胸がつまりそう、あなたが
そんなに賤しい姿で近くにいるのを見るのは！
お立ちなさい！　哀願などはおやめなさい！
私に憎しみを抱いていたのなら、許してあげましたわ。
今まで私のせいで苦しんだことも、
お願いするわ、許してほしいの！
お願いするわ、許してほしいの！

ORTRUD
オルトルート

O habe Dank/Lohn für so viel Güte!

それほどのお心遣いには、感謝しますわ！

ELSA
エルザ

Der morgen nun mein Gatte heißt,
anfleh' ich sein liebreich Gemüte,
daß Friedrich auch er Gnad' erweist.

明日は私の夫と名乗る方の、
その優しいお心にお願いしますわ、
フリードリヒさんにも寛恕を示すように。

ORTRUD
オルトルート

Du fesselst mich in Dankes Banden!

私はあなたへの感謝の絆に金縛りになるわ！

ELSA
エルザ

(mit immer gesteigerter, heiterer Erregtheit).
In Früh'n laß mich bereit dich seh'n;
geschmückt mit prächtigen Gewanden
sollst du mit mir zum Münster geh'n:—
Dort harre ich des Helden mein,
(freudig, stolz)
vor Gott sein Eh'gemahl zu sein,
vor Gott sein Eh'gemahl zu sein!

（しだいに朗らかに、昂奮を募らせて）
朝になったら、支度を整えた姿を見せていただきたいわ！
素晴らしい衣装に着飾って、
あなたは私と聖堂へ歩いて下さい。
そこで私は、私の勇士を待ちます、
（嬉しげに誇らしく）
神のみ前で彼の妻になるため、
神のみ前で彼の妻になるため！

(selig entzückt)
Sein Eh'gemahl!

（幸福にうっとりとして）
彼の妻に！

ORTRUD
オルトルート

Wie kann ich solche Huld dir lohnen,
da machtlos ich und elend bin?
Soll ich in Gnaden bei dir wohnen,
stets bleib' ich nur die Bettlerin!

そのように有難いお計らいに、無力でみじめな私は
どのようにお礼できるのでしょうか？
お慈悲に浴して、あなたのお傍にいるとしても、
はした女のままで、ずっと私はおりましょう！

(immer näher zu Elsa tretend)
Nur eine Kraft ist mir gegeben,
sie raubte mir kein Machtgebot;
durch sie vielleicht schütz' ich dein Leben,
bewahr' es vor der Reue Not.!

（しだいにエルザに近寄り）
ただ、私には一つ、通力があるのです、
どんな権力の掟であろうともそれを私から奪えますまい。
もしかすると私はその力であなたを護り、
後悔の苦しみから守ってあげられるかもしれません！

ELSA
エルザ

(unbefangen und freundlich)
Wie meinst du?

(打ち解けて、無邪気に)
それってどういうことなの？

ORTRUD
オルトルート

(heftig)
　　　　Wohl daß ich dich warne,
(sich mäßigend)
zu blind nicht deinem Glück zu trau'n;
daß nicht ein Unheil dich umgarne,
laß mich für dich zur Zukunft schau'n.

(激しく)
　　　　姫にご警告申し上げたいのです！
(勢いを和らげて)
ご自分の幸せを無我夢中に信じてはいけません、と！
あなたが不幸にがんじがらめにならぬよう、
あなたの未来を私に予見させてください。

ELSA
エルザ

(mit heimlichem Grauen)
Welch' Unheil?

(内心、おののきを覚えて)
どんな不幸を？

ORTRUD
オルトルート

(sehr geheimnisvoll)
　　　　Könntest du erfassen,
wie dessen Art so wundersam,
der nie dich möge so verlassen,
wie er durch Zauber zu dir kam!

(ひどく謎めかして)
　　　　お分かりになれるでしょうか？
あの方の素性がどれほど奇妙なものであるかを。
あなたのもとへやってきたのは、魔法の力でしたが、
あなたから去ってゆく時は、同じではないだろうと云うことです！

ELSA
エルザ

(von Grauen erfaßt, wendet sich unwillig ab; voll Trauer und Mitleid wendet sie sich dann wieder zu Ortrud)
Du Ärmste kannst wohl nie ermessen,
wie zweifellos mein Herze liebt?
Du hast wohl nie das Glück besessen,
das sich uns nur durch Glauben gibt? —
(freundlich)
Kehr' bei mir ein! Laß mich dich lehren,
wie süß die Wonne reinster Treu'!
Laß zu dem Glauben dich bekehren:
es gibt ein Glück, es gibt ein Glück, das ohne Reu'!

(戦慄に襲われて不機嫌に顔をそむけたが、そのあと、悲しみと同情の念をこめてオルトルートに向き直る。)
この上なく惨めなあなたには測れないのでしょう、
どれほど私の愛が疑りの心から遠いものか？
私たちがただ信頼を通じて与えあっているような幸せを、
恐らく、あなたは味わったことがないのでしょう？—
(打ち解けて)
私のところに来るがいいわ！ 教えてあげましょう、
混じりけのない誠のもたらす悦びがどれほど甘美なものかを！
心を入れ替えて信じるようになるといいわ、
幸せが、幸せがあるのです、後悔とは無縁な幸せが！

ORTRUD
オルトルート

(für sich.)
Ha! Dieser Stolz, er soll mich lehren,
wie ich bekämpfe ihre Treu',
er soll mich's lehren!
Gen ihn will ich die Waffen kehren,
durch ihren Hochmut werd' ihr Reu',
durch ihren Hochmut werd' ihr Reu'!
Gen ihn will ich die Waffen kehren,
durch ihren Hochmut werd' ihr Reu',
durch ihren Hochmut werd' ihr Reu'!

(傍白)
ああ！何という思い上がりだろう。だが、これがあればこそ、
この女の誠を打ち破る仕方が分かるというもの。
これがあればこそ分かる！
この思い上がりに私の矢を向けよう、
その高慢さが後悔の種になる，
その高慢さが後悔の種になるのよ！
この思い上がりに私の矢を向けよう、
その高慢さが後悔の種になる，
その高慢さが後悔の種になるのよ！

ELSA
エルザ

Laß mich dich lehren,
wie süß die Wonne reinster Treue,
laß zu dem Glauben dich neu bekehren:
es gibt ein Glück, es gibt ein Glück,
ein Glück, das ohne Reu',
ein Glück, das ohne Reu'!

教えてあげましょう、
混じりけのない誠のもたらす悦びがどれほど甘美なものかを、
心を入れ替えて新たに信じるようになるといいわ、
幸せがあるのです、幸せがあるのです、
幸せがあるのです、後悔とは無縁な幸せが！
幸せがあるのです、後悔とは無縁な幸せが！

ORTRUD オルトルート	*(Ortrud, von Elsa geleitet, tritt mit heuchlerischem Zögern durch die kleine Pforte ein; die Mägde leuchten voran und schließen, nachdem alle eingetreten. — Erstes Tagesgrauen.)* *(Friedrich tritt aus dem Hintergrunde vor.)* （オルトルートはエルザに導かれ、ためらう振りを装って小さな扉から館に入る；侍女たちは先に立って明りで照らしていたが、全員が入り終わると扉を閉める。— 最初の黎明） （フリードリヒが背景から姿を現す。）
FRIEDRICH フリードリヒ	So zieht das Unheil in dies Haus! — Vollführe, Weib, was deine List ersonnen; dein Werk zu hemmen fühl' ich keine Macht! Das Unheil hat mit meinem Fall begonnen, — nun stürzet nach, die mich dahin gebracht! Nur Eines seh' ich mahnend vor mir steh'n: der Räuber meiner Ehre soll vergeh'n!

災いはこうして、この館に入ってゆくのだ！—
妻よ、お前の策略が考え出したものをやり遂げよ—
お前の仕事を阻む力はおれにはなさそうだ。
不幸はおれの失脚から始まったが、こんどは、
俺を陥れた連中が破滅に跳び込む番だ！
俺を促してやまない目標が、眼前にただ一つある、
俺の名誉を奪ったあいつがくたばることだ！

Dritte Szene　第３場

Allmählicher Tagesanbruch. Zwei Wächter blasen vom Turme das Morgenlied; von einem entfernteren Turme hört man antworten.

Friedrich, nachdem er den Ort erspäht, der ihn vor dem Zulaufe des Volkes am günstigsten verbergen könnte, tritt hinter einen Mauervorsprung des Münsters.

Während die Türmer herabsteigen und das Tor erschließen, treten aus verschiedenen Richtungen der Burg Dienstmannen auf, begrüßen sich, gehen ruhig an ihre Verrichtungen: einige schöpfen am Brunnen in metallenen Gefäßen Wasser, klopfen an der Pforte des Pallas, und werden damit eingelassen.

Die Pforte des Pallas öffnet sich von neuem; die vier Trompeter des Königs schreiten heraus und blasen den Ruf.

Die Trompeter treten in den Pallas zurück. Die Dienstmannen haben die Bühne verlassen.

Von hier treten die Edlen und Burgbewohner, teils vom Stadtwege, teils aus den verschiedenen Gegenden der Burg herkommend, nach und nach immer zahlreicher auf.

夜は次第に明けてゆく。塔の番人たちが二人、朝の歌を吹奏すると、遠くの塔から応答が返ってくる。

フリードリヒは、集まってくる人々からいちばん上手く身を隠せる場所を探しあてると、聖堂の塀が突き出した向こうに入り込む。

塔の番人が下りてきて、塔の門を開くあいだ、城内のさまざまな方向から下僕たちが現れて、挨拶を交わし、落ちついてそれぞれの用事へと散って行く：ある者は井戸から金属の器で水を汲み、本丸の扉をたたき、器を携え、入れてもらう。

本丸の扉が更めて開く。王の四人のラッパ手が出てきて、ファンファーレを吹奏する。

ラッパ手たちは本丸の中に戻る。下僕たちは舞台から消えている。

ここからは、貴族や城の住人たちが、市街からの道や、城内のさまざまな場所から現れて、次第に数を増す。

DIE EDLEN und MANNEN 貴族や 兵卒たち	In Früh'n versammelt uns der Ruf, gar viel verheißet wohl der Tag, (gar viel!) Der hier so hehre Wunder schuf, (der teure Held) manch' neue Tat vollbringen mag.(ganz gewiß!)

朝まだきのファンファーレに我々は集まった。
今日こそは多くの吉事がありそうだ（多くの！）。
あれほどの尊い奇蹟をここで創り出した方（高貴な勇士）は、
更めて幾多の武勲を果たすだろう（間違いなく）。＊36

(Der Heerrufer schreitet aus dem Pallas , die 4 Trompeter ihm voran. —Der Königsruf wird wiederum geblasen)

（軍令使が本丸から現れ、4人のラッパ手が彼に先立つ．―王のファンファーレがふたたび吹奏される。）

(Alle wenden sich in lebhafter Erwartung dem Hintergrunde zu.)

（全員が強い期待をこめて背景に注目。）

DER HEERRUFER 軍令使	*(auf der Höhe vor der Pforte des Pallas)* Des Königs Wort und Will' tu' ich euch kund; drum achtet wohl, was euch durch mich er sagt! In Bann und Acht ist Friedrich Telramund, weil untreu er den Gotteskampf gewagt:— wer sein noch pflegt, wer sich zu ihm gesellt, nach Reiches Recht derselben Acht verfällt.

（本丸の門の前の高みから）
王のご意思とお言葉をあなたがたにお伝えします。
ゆえに私を通じて王が述べられることがらに注意して頂きたい！―
フリードリヒ・テルラムントは追放・放逐の処分を被っているが、
それは彼が義に背いて神明裁判に臨む挙に出たからである。
彼を保護したり、彼の徒党となるような者は、
国法に基づいて同一の罰に処せられよう。

＊訳注36：第3場の冒頭の合唱は、わずか4行の歌詞から48小節のかなり長いアンサンブルが紡ぎだされているが、歌詞が行を追うごとにヴァリアントを増やしてゆく様子は、《ローエングリン》の様式がワーグナーの後期のそれへ移行してゆく境界にあることを反映している。詳しくは「あとがき」を参照のこと。

DIE MÄNNER 男たち	Fluch ihm! Fluch ihm, dem Ungetreuen, den Gottes Urteil traf! Ihn soll der Reine scheuen, es flieh' ihn Ruh' und Schlaf!	

呪いあれ！　義にそむき、神の審判がくだった
男に呪いあれ！
潔白な人は彼をはばかるがいい、
彼が安らぎも眠りも失うように！

(Beim Rufe der Trompeten sammelt sich das Volk schnell wieder zur Aufmerksamkeit.)

（王のファンファーレの響きに人々はすばやく注意を取り戻す。）

DER HEERRUFER 軍令使	Und weiter kündet euch der König an, daß er den fremden, gottgesandten Mann, den Elsa zum Gemahle sich ersehnt, mit Land und Krone von Brabant belehnt. Doch will der Held nicht Herzog sein genannt,— ihr sollt ihn heißen: Schützer von Brabant!

王はさらに諸子に告げられる：
異国から神により遣わされ、
エルザ姫が夫にと望むお方に、王は
ブラバントの国土と冠を授けられる。
ただ、勇士は公爵の名を望まれぬゆえ、
諸子は彼をブラバントの保護者と呼んで頂きたい！

DIE MÄNNER 男たち	Hoch, hoch der ersehnte Mann! Heil ihm, den Gott gesandt! Treu sind wir untertan dem Schützer von Brabant!

待ち望まれた勇士ばんざい！
神により遣わされたお方に幸あれ！
ブラバントの保護者に我らは
誠をもってお仕えしよう。

(Neuer Ruf der Heerhornbläser.)

（更めてラッパ手のファンファーレ）

DER HEERRUFER 軍令使	Nun hört, was er durch mich euch sagen läßt: heut' feiert er mit euch sein Hochzeitfest,— doch morgen sollt ihr kampfgerüstet nah'n, zur Heeresfolg' dem König untertan; er selbst verschmäht der süßen Ruh' zu pflegen, er führt *(Mit Wärme)* euch an zu hehren Ruhmes Segen!

今日、彼は諸子とともに結婚の祝宴を催すが、
明日は、諸子が武装を整えて集まり、
王の部下として出陣することを望まれる。
ご自身も甘美な安息に耽(ふけ)ることを潔しとせず、
指揮官として、(熱を込め)諸子を率いて貴い武勲へと導かれる！

(Der Heerrufer geht nach einiger Zeit mit den 4 Trompetern in den Pallas zurück.)

(軍令使はしばしあって、4人のラッパ手とともに本丸に退く。)

DIE MÄNNER 男たち	*(Mit Begeisterung.)* Zum Streite säumet nicht / Auf, säumt zu streiten nicht, führt euch der Hehre an! Wer mutig mit ihm ficht, dem lacht des Ruhmes Bahn! Gott hat ihn gesandt / Von Gott ist er gesandt zur Größe von Brabant!

(感激して)

戦さに遅れはとるまいぞ　／　行け、闘いに遅れはとるまいぞ、
尊い方が君たちを指揮されるのだ！
彼とともに勇気をふるって奮戦すれば、
武勲の花道が笑いかけるぞ。
彼こそは神から遣わされたお方だ、
ブラバントの偉大のために！＊37

(Während das Volk freudig durcheinander wogt, treten im Vordergrunde vier Edle, Friedrichs sonstige Lehnsmannen, zusammen.)

(人々が喜ばしく入り乱れてひしめき合うあいだ、前景に、フリードリヒの家臣であった4人の貴族が集まる。)

DIE VIER EDLEN 4人の貴族	*(unter sich)* (彼らだけで)

DER DRIITE EDLE 貴族3	Nun hört! Dem Lande will er uns entführen? 諸君、彼は我らをこの国から連れ出そうというのか？

＊訳注37：この合唱は80小節近い、長いアンサンブルだが、進行にともなう歌詞の内容の発展・進化はなく、ただ英雄賛美が繰り返されるだけ。

DER ZWEITE 貴族2	Gen einen Feind, der uns noch nie bedroht?	
	いまだ我らを脅かしてもいない敵へ向かってか？	
DER VIERTE 貴族4	Solch' kühn Beginnen sollt' ihm nicht gebühren!	
	そんな、のっけからの差し出がましさを彼に許すべきではあるまいぞ！	
DER ERSTTE 貴族1	Wer wehret ihm, wenn er die Fahrt gebot?	
	もし、彼が進軍を命じたら、誰が阻むのだ？	
FRIEDRICH フリードリヒ	*(ist unbemerkt unter sie getreten.)* Ich!	
	（気づかれずに彼らのあいだに入っていて） 俺だ！	
DIE VIER EDLEN 4人の貴族	Ha! Wer bist du? *(Er enthüllt sein Haupt; sie fahren entsetz zrürück.)* — Friedrich! Seh' ich recht? Du wagst dich her, zur Beute jedem Knecht?	
	ええっ！　お前は誰だ？ （フリードリヒは被り物をとる、貴族たちはぎくっとなって後じさりする。） —フリードリヒ殿か！　まさか？ 向こう見ずにここへ現れたが、下人(げにん)にだって餌食にされますぞ？	
FRIEDRICH フリードリヒ	Gar bald will ich wohl weiter noch mich wagen! Vor euer'n Augen soll es leuchtend tagen! Der euch so kühn die Heerfahrt angesagt,— der sei von mir des Gottestrug's beklagt! *(Vier Edelknaben treten aus der Tür der Kemenate auf den Söller, laufen munter den Hauptweg hinab und stellen sich vor dem Pallas auf der Höhe auf.)*	
	すぐにも俺はもっと先までやってみるつもりだ！ お前たちの眼前で、ことをはっきりさせよう！ お前たちに厚かましくも進軍を布告したやつを、 俺は、神を欺いた罪で告発してやるのだ！ （女官の館の扉から4人の小姓がバルコニーへ現れ、元気よく本道を下って、本丸の前の高みに整列する。）	
DIE VIER EDLEN 4人の貴族	Was hör' ich! Rasender, was hast du vor? Verlor'ner du / Weh dir, hört dich des Volkes Ohr(/das Volk)!	
	何ということを！　気でも狂われたか、何をなさろうと？ 民衆（の耳）にでも聞こえたら、あなたはお終いですよ！	

(Die Edlen drängen Friedrich nach dem Münster, wo sie ihn vor den Blicken des Volks zu verbergen suchen.—Das Volk, das die Knaben gewahrt, drängt sich mehr nach dem Vordergrunde.)

(貴族たちはフリードリヒを聖堂の方へ押して行き、人々の視線から隠そうとする。—小姓たちの姿を認めた民衆はだんだんと前景の方へ押し寄せる。)

EDELKNABEN
小姓たち

(auf der Höhe vor dem Pallas)
Macht Platz für Elsa, unsre Frau:
die will in Gott zum Münster geh'n.

（本丸の前の高みに立って）
我らがエルザ姫のため、道を開けなさい！
姫は神を信じて聖堂へと向かわれる。

(Sie schreiten nach vorn, indem sie durch die willig zurückweichenden Edlen, eine breite Gasse bis zu den Stufen des Münsters bilden, wo sie dann sich selbst aufstellen.—Vier andere Edelknaben treten gemessen und feierlich aus der Tür der Kemenate auf den Söller und stellen sich daselbst auf, um den Zug der Frauen, den sie erwarten, zu geleiten)

(彼らは快く道を空けてくれる貴族たちの真ん中を前進して、聖堂の階段まで広い通路を作り、やがて彼ら自身もそこまで進んで、整列する。— 別の4人の小姓がゆっくりと厳かに女官の館の扉からバルコニーに現れ、そこに整列して、彼らが待ち受ける女官たちの行列を案内しようとする。)

Vierte Szene 第4場

Ein langer Zug von Frauen in prächtigen Gewändern schreitet langsam aus der Pforte der Kemenate auf den Söller; er wendet sich links auf dem Hauptwege an Pallas vorbei und von da wieder nach vorn dem Münster zu, auf dessen Stufen die zuerst Gekommenen sich aufstellen.— Elsa tritt im Zuge auf; die Edlen entblößen ehrfurchtsvoll die Häupter.

きらびやかな衣裳の貴婦人たちの長い列が女官の館の門から出てゆっくりとテラスへ進む；列は左に曲がり、本道をたどって本丸を過ぎ、そこから前へ出て聖堂へ向かう。その階段には最初に到着した婦人たちが立ち並んでいる。—エルザが列の中に姿を見せると、貴族たちは恭しく被り物をとる。

<u>DIE EDLEN und MANNEN</u> *38
(Chor I, Chor II)
貴族や兵卒たち

(während des Aufzuges.)
Gesegnet soll sie schreiten,
die lang in Demut litt;
Gott möge sie geleiten,
und / Gott hüte ihren Schritt!

（列が進むなか）
どうか祝福されてお進みなさい、
永く謙遜に耐えしのんだ姫よ！
神が姫を導き、
その歩みを護られますように！

＊訳注38：この役名はペーター版にはなく、括弧内のように、「合唱Ⅰ」、「合唱Ⅱ」と記されてあるだけ。

(Die Edlen, die unwillkürlich die Gasse wieder vertreten hatten, weichen hier vor den Edelknaben aufs neue zurück, welche dem Zuge, der bereits vor dem Pallas angekommen ist, Bahn machen.)
(Hier ist Elsa auf der Erhöhung vor dem Pallas angelangt: die Gasse ist wieder offen, alle können Elsa sehen, welch eine Zeitlang verweilt.)

（われ知らず道をふさいでいた貴族たちは、ここで更めて小姓たちに道を譲る。小姓たちは、すでに本丸の前に来ていた行列のために道を開く。）

（ここでエルザは本丸の前の高みに達している：道がふたたび開かれて、しばし立ち止っているエルザの姿を誰もが目にすることができる。）

Sie naht, die Engelgleiche,
von keuscher Glut entbrannt!
(Von hier an schreitet Elsa aus dem Hintergrunde langsam nach vorn durch die Gasse der Männer.)

姫が近づく、天使にも似た姫が、
貞淑な情熱に燃えて！

（ここからエルザは背景からゆっくりと前に出て、男たちの並ぶ間を進んでゆく。）

FRAUEN und EDELKNABEN, DIE EDLEN und MANNEN (= Chor I, Chor II)**
合唱Ⅰ
合唱Ⅱ

Heil dir, o Tugendreiche!
Heil (dir,) Elsa von Brabant!
Gesegnet sollst du schreiten!
Heil dir! Heil Elsa von Branbant!

万歳、美徳に満ちた姫よ！
ブラバントのエルザ、万歳！
祝福されてお進みなさい！
万歳！ 万歳、ブラバントのエルザ！

(Hier sind, außer den Edelknaben, auch die vordersten Frauen bereits auf der Treppe des Münsters angelangt, wo sie sich aufstellen, um Elsa den Vortritt in die Kirche zu lassen.)

（ここでは、小姓たちの他、先頭を進んだ貴婦人たちも聖堂の階段にたどり着いていて、エルザに聖堂への歩みを譲るために、立ち並ぶ。）

(Als Elsa den Fuß auf die zweite Stufe des Münsters setzt, tritt Ortrud, welche bisher unter den letzten Frauen des Zuges gegangen, heftig hervor, schreitet auf dieselbe Stufe und stellt sich so Elsa entgegen.)

（エルザが足を聖堂の二番目の段に足を乗せたとき、婦人たちの列の最後の群れを歩いていたオルトルートが勢い激しく出てきて、同じ段へ進み、エルザに向かい合って立つ。）＊39

＊訳注39：ここに展開する「二人の女王のいさかい」を、ワーグナーは中世叙事詩《ニーベルンゲンの歌》の第14歌章から取った。二人の女王とはクリエムヒルトとブルンヒルトであるが、二人の原型を歴史上のアウストラシア（東フランク国）の女王ブルンヒルダ（543-613）に措定する学者も多い。彼女は西ゴート国の王女としてトレドに生まれ、アウストラシアの王ジーゲベルトに嫁いだが、夫の兄の妻フレデグンドとの争いの話しがドイツ中世叙事詩に流れ入ったらしく、ワーグナーはさらにこの名を《指環》のヒロインのそれに採り、新たな造形を施した。

ORTRUD オルトルート	Zurück, Elsa! Nicht länger will ich dulden, daß ich gleich einer Magd dir folgen soll! Den Vortritt sollst du überall mir schulden, vor mir dich beugen sollst du demutvoll!

下がりなさい、エルザ！　もう我慢できない、
はした女のようにお前について歩くのは！
お前こそ、どこであれ、私に先を譲らねばならない、
私の前では恭謙に身を屈めるべきなのです！

DIE EDELKNABEN und DIE MÄNNER 小姓たちと 男たち	Was will das Weib? Zurück! *(Ortrud wird von ihnen nach der Mitte der Bühne zurückgedrängt.)*

この女、何を望んでいるのだ？　下がれ！
（オルトルートは彼らにより舞台の中央まで押し戻される。）

ELSA エルザ	*(heftig erschrocken.)* 　　Um Gott! Was muß ich seh'n? Welch' jäher Wechsel ist mit dir gescheh'n?

（激しく驚き）
　　まあ！　何ということを！
あなた、藪から棒の変わりようね！

ORTRUD オルトルート	Weil eine Stund' ich meines Wert's vergessen, glaubest du, ich müßte dir nur kriechend nah'n?— Mein Leid zu rächen will ich mich vermessen, *(mit großer Kraft)* was mir gebührt, das will ich nun empfah'n! *(Lebhaftes Staunen und Bewegung aller.)*

私がひととき自分の値打ちを忘れていたから、
お前は、私がただ這いつくばって近寄らねばならぬ、と思うの？
この苦しみに復讐するには、思いきってやるわ、
（力を込めて）
自分にふさわしいものを、さあ、受け取りたいわ。
（全員に激しい驚きと動揺）

ELSA エルザ	Weh'! Ließ ich durch dein Heucheln mich verleiten, die diese Nacht sich jammernd zu mir stahl? Wie willst du nun in Hochmut vor mir schreiten, du, eines Gottgerichteten Gemahl?

ひどいわ！　昨夜哀れっぽく私のところへ忍んで来た、
あなたの猫かぶりに私は乗せられたのかしら？
そのあなたが、今は驕慢に私の先を進もうというの、
神に裁かれた男の妻であるあなたが、どうして？

ORTRUD オルトルート	*(mit dem Anschein tiefer Gekränktheit und stolz)* Wenn falsch Gericht mir den Gemahl verbannte, war doch sein Nam' im Lande hochgeehrt; als aller Tugend Preis man ihn nur nannte, gekannt, gefürchtet war sein tapf'res Schwert. Der deine, sag', wer sollte hier ihn kennen, vermagst du selbst den Namen nicht zu nennen!	

（ひどく感情を傷つけられた様子を装いながら、誇りは失わず）
私の夫は、たとえ、偽りの裁きで追放されたとしても、
その名はこの国で高く尊敬されていました、
フリードリヒはあらゆる徳を身に付けた騎士と呼ばれ、
その剛毅な太刀さばきはよく知られ、恐れられていたのよ。
ところが、お前の夫を、ここの誰が知っていましょう、
おまえ自身がその名を言えないのだもの！

MÄNNER und FRAUEN und KNABEN 男たち、 女たち、 小姓たち	*(in großer Bewegung.)* Was sagt sie? Ha, was tut sie kund? Sie lästert! Wehret ihrem Mund!

（大いに動揺して）
彼女は何と言っている？　はあ、何を明かしているのだ？
とんでもない言いがかりだぞ！その口を塞ぐのだ！

ORTRUD オルトルート	Kannst du ihn nennen, kannst du uns es sagen, ob sein Geschlecht, sein Adel wohl bewährt? Woher die Fluten ihn zu dir getragen, wann und wohin er wieder von dir fährt? Ha, nein! *(mit großer Kraft)* Wohl brächte ihm es schlimme Not, *(etwas gedehnt)* der kluge Held die Frage drum verbot!

お前はあの男の名を、言えますか？　彼の系譜が、
身分の尊さが曇りのないものと言えるかを？
彼はどこから潮路遥かにお前のもとへ運ばれて来たのか、
いつ、どこへ彼はお前と別れて去ってゆくのかを？
さあ、言えないわね！（力をこめて）
とんだ窮地に陥りはせぬかと、（少し勿体をつけ）
あの賢い勇士は質問を禁じたのですよ！

MÄNNER und FRAUEN 男たちと 女たち	Ha, spricht sie wahr? Welch' schwere Klagen! Sie schmähet ihn; Darf sie es wagen?

まあ、彼女の話は本当か？　何という重大な告発か！
彼女はあの方を侮辱している！　そんなことが許されるのか？

ELSA エルザ	*(nach großer Betroffenheit sich ermannend.)* Du Lästerin! Ruchlose Frau! Hör', ob ich Antwort mir getrau'! So *(mit großer Wärme)* 　rein und edel ist sein Wesen, so tugendreich der hehre Mann, daß nie des Unheil's soll genesen, wer seiner Sendung zweifeln kann!	

（虚を突かれたかたちから、勇気を取り戻しつつ）
あなたは神を瀆す者！　恥知らずな女です！
お聞きなさい、私に答える勇気があるかどうかを！
あの方の　（熱をこめて）
　　素性は清らかで気高く、
また豊かな徳を備えた貴人であるので、
その使命を疑ったりするような者は、不幸から
癒されたりするはずがないのです！

DIE MÄNNER 男たち	Gewiß! Gewiß!

確かに！　確かにそうだ！

ELSA エルザ	Hat nicht durch Gott im Kampf geschlagen mein teurer Held den Gatten dein? *(zum Volke)* Nun sollt nach Recht ihr alle sagen, wer kann da nur der Reine sein?

私の気高い勇士は神のちからにより、一騎打ちで
あなたの夫を打ち破ったのではありませんか？
（人々に向かい）
皆さん、正義に照らして言ってください、
ここでどちらがけがれのない人であるかを！

MÄNNER und FRAUEN 男たちと女たち	Nur er! Nur er! Dein Held allein!

あの方だけだ！　あなたの勇士だけだ！

ORTRUD オルトルート	*(Elsa verspottend)* Ha! diese Reine deines Helden, wie wäre sie so bald getrübt, müßt' er des Zaubers Wesen melden, durch den hier solche Macht er übt!

（エルザを嘲りつつ）
おや！　お前の勇士の潔白さとやらは、
たちまちけがれて見えるのではないの、
ここであの男が発揮している力の、その
魔法の正体を明かさねばならぬ破目におちいったら！

Wagst du ihn nicht darum zu fragen, *(sehr bestimmt)*
so glauben alle wir mit Recht,
du müssest selbst in Sorge zagen,
um seine Reine steh' es schlecht!
(Der Pallas wird geöffnet; die vier Trompeter des Königs schreiten heraus und blasen.)

あの男の正体を尋ねてみる勇気がお前にないのなら、

(きっぱりと)

私たち皆がこう思ったとしても当り前ではないの、

彼の潔白さにはいかがわしさが付きまとってはいまいかと、

お前自身が不安がっていると？

(本丸の扉が開いて、王の4人のラッパ手が進み出て吹奏する。)

DIE FRAUEN 女たち	*(Elsa unterstützend.)* Helft ihr vor der Verruchten Haß! (エルザに支えの手を伸ばし) 無道な女の憎しみから姫をかばいましょう！
MÄNNER 男たち	*(dem Hintergrunde zublickend)* Macht Platz! Macht Platz! Der König naht! (背景の方を見て) 道を開けろ、国王がお出ましになる！

Fünfte Szene 第5場

Der König, Lohengrin und die sächsischen und brabantischen Grafen und Edlen, alle prächtig gekleidet, sind in feierlichem Zuge aus dem Palas getreten; durch die Verwirrung im Vordergrunde wird der Zug unterbrochen. Der König und Lohengrin schreiten lebhaft vor.

国王ハインリヒ、ローエングリン、そしてザクセンとブラバントの貴族と騎士たちが、いずれも華美な衣裳をまとって本丸から厳かな隊列を組んで姿を現す。前景が紛糾しているため、行列はとどこおるが、王とローエングリンは勢いよく前に進み出る。

DIE BRABANTER ブラバントの人々	Heil! Heil dem König! Heil dem Schützer von Brabant! 国王ばんざい！ ブラバントの保護者ばんざい！
KÖNIG. 国王	Was für ein Streit? いさかいのわけは何であるか？
ELSA エルザ	*(sehr aufgeregt an Lohengrins Brust stürzend.)* Mein Herr! O mein Gebieter! (大変に昂奮してローエングリンの胸にとびつき) 私の主人！ 私の命令者！

LOHENGRIN ローエン グリン	Was ist?	
	何ごとだ？	
KÖNIG 国王	Wer wagt es hier, den Kirchengang zu stören?	
	いったい何者が教会へ進む行列に あえて邪魔立てをするのか？	
DES KÖNIGS GEFOLGE 国王の側近たち	Welcher Streit, den wir vernahmen?	
	我々が耳にしたのは何の争いだったのか？	
LOHENGRIN ローエン グリン	*(Ortrud erblickend)* Was seh' ich? Das unsel'ge Weib bei dir?	
	（オルトルートを目にとめて） 何ということか！ あのおぞましい女があなたの傍にいる！	
ELSA エルザ	Mein Retter! Schütze mich vor dieser Frau! Schilt mich, wenn ich dir ungehorsam war! In Jammer sah ich sie vor dieser Pforte, — aus ihrer Not nahm ich sie bei mir auf: nun sieh', wie furchtbar sie mir lohnt die Güte, — *(etwas zurückhaltend)* sie schilt mich, daß ich dir zu sehr vertrau'!	
	私の救い手よ、この女から私を護ってください！ あなたの言いつけを守らなかった私を叱ってください！ この女は悲嘆にくれた姿であの門の前にいました。 その窮状から救い出し、かくまってやったのですが、 今になって、そんな心遣いにこのように無法に報いるのです。—（すこし控え気味に） あなたに信頼を寄せすぎると、私をなじるのです！	

LOHENGRIN ローエン グリン	*(den Blick fest und bannend auf Ortrud heftend, welche vor ihm sich nicht zu regen vermag.)* Du fürchterliches Weib, steh' ab von ihr! Hier wird dir nimmer Sieg! — *(Er wendet sich freundlich zu Elsa)* Sag', Elsa, mir, vermocht' ihr Gift sie in dein Herz zu gießen? *(Elsa birgt ihr Gesicht weinend an seiner Brust.)* （視線を呪縛するようにひたとオルトルートに当てると、彼女は身動きできなくなる。） 恐ろしい女よ、エルザから手を引くがいい！ この場で、お前には勝ち目などないぞ！ （表情を和らげてエルザに向き直り） エルザよ、言ってくれ！ あの女はお前の心に毒を注ぎ込むことができたのか？ （エルザはローエングリンの胸に顔をうずめて涙にくれる。）
LOHENGRIN ローエン グリン	*(sie aufrichtend und auf dem Münster deutend.)* Komm', laß in Freude dort diese Tränen fließen! （エルザを立たせ、聖堂を指差して） 行こう！ その涙はあそこで、喜びに浸りつつ流すがいい！ *(Lohengrin wendet sich mit Elsa und dem König dem Zuge voran nach dem Münster; alle lassen sich an, wohlgeordnet zu folgen.)* （ローエングリンはエルザと国王と行列の先頭にたち、聖堂へ向かう。残りの者たちも整然とそれに従う。） *(Friedrich tritt auf der Treppe des Münsters hervor; die Frauen und Edelknaben weichen entsetzt aus seiner Nähe.)* （フリードリヒが突如、聖堂の石段の上に姿を現す。貴婦人や小姓たちは恐れおののき、彼から身を遠ざける。）
FRIEDRICH フリードリヒ	O König! trugbetörte Fürsten! Haltet ein! 国王よ！ 虚言にまどわされた貴族たちよ！ お待ちあれ！
KÖNIG und ALLE MÄNNER 国王と男たち全員	Was will der hier? Verfluchter! Weich' von dannen! あの男、どういう積りだ？ 呪われた奴！ 失せろ！
FRIEDRICH フリードリヒ	O hört mich an! どうか、私のことばに耳を傾けていただきたい！
KÖNIG und ALLE MÄNNER 国王と男たち	Hinweg! Zurück! Du bist des Todes, Mann! 失せろ、退れ！ 命はないぞ、貴様！

FRIEDRICH フリードリヒ	Hört mich, dem grimmes Unrecht ihr getan! Gottes Gericht, es ward entehrt, betrogen! Durch eines Zaub'rer's List seid ihr belogen!

恐ろしい不正を、私めに加えたあなた方に聞いてもらいたい！
神明裁判は名誉が汚され、不正が加えられた！
一人の魔法遣いの詭計(たぶら)にあなた方は誑かされたのだ！

KÖNIG und DIE MÄNNER 国王と男たち全員	Hinweg! Weich von dannen! Greift den Verruchten! Hört! Er lästert Gott! *(Sie dringen von allen Seiten auf ihn ein.)*

失せろ、退れ！
無道な男をひっとらえろ！　聞いたか、奴は神を誹謗しているぞ！
（皆は四方八方から彼に迫る。）

FRIEDRICH フリードリヒ	*(mit der fürchterlichsten Anstrengung, um gehört zu werden, seinen Blick nur auf Lohengrin geheftet und der Andringenden nicht achtend)* Den dort im Glanz ich vor mir sehe, den klag' ich des Zaubers an! *(Die Andringenden schrecken vor Friedrich zurück und hören endlich aufmerksam zu.)* Wie Staub vor Gottes Hauch verwehe die Macht, die er durch List gewann!

（耳を貸してもらおうと死に物狂いになって、眼差しをローエングリンひとりに当て、迫ってくる男たちには目もくれず。）

栄光に包まれて、かしこ、我が前に立ちはだかる男を、
魔法を用いた罪で、私は告発する！

（押し寄せた男たちはフリードリヒの剣幕にたじろぎ、ついに注意深く聞き入る。）

彼が詭計を用いて身に付けた力など、塵あくた同然に
神の息吹の前に吹き飛ばされるように！

> Wie schlecht ihr des Gerichtes wahrtet,
> das doch die Ehre mir benahm,
> da eine Frag' ihr ihm erspartet,
> als er zum Gotteskampfe kam!
> Die Frage nun sollt ihr nicht wehren,
> daß sie ihm jetzt von mir gestellt: —
> *(In gebieterischer Stellung)*
> nach Namen, Heimat, Stand und Ehren
> frag' ich ihn laut vor aller Welt.
> *(Bewegung großer Betroffenheit unter allen.)*

あなた方は神明裁判の維持にひどく不注意だったのだが、
その裁きによって我が名誉は剥奪されたのです。
それと言うのも、彼が一騎打ちに登場した、その時に
彼に一つの質問を課さなかったためです!
その問いを、あなた方は邪魔してはなりません。
これから、私はそれを彼に質そうと思います。
(威丈高な身ぶりで)
この男の名前、ふるさと、身分と、受けた栄誉の数々を
私は声を大にして皆さんの面前でこの男に質します。
(誰もが大きな困惑による動揺をあらわにする。)

> Wer ist er, der an's Land geschwommen,
> gezogen von einem wilden Schwan?
> Wem solche Zaubertiere frommen,
> dess' Reinheit achte ich für Wahn!
> Nun soll der Klag' er Rede stehen;
> vermag er's, *(lebhaft)*
>   so geschah mir Recht, —
> wo nicht, so sollet ihr erseh'n,
> um seine Reine steh' es schlecht!
> *(Alle blicken bestürzt und erwartungsvoll auf Lohengrin.)*

野育ちの白鳥に曳かれて、この岸辺に
漂いついた、この男は何者なのでしょうか?
このような妖しい鳥を役立てている男の
潔白さなど、私はたわごとだと見做します!
彼はここで私の告発に抗弁せねばなりません、
立派に申し開きできたなら、(勢いよく)
          私に下った裁きは正当であります。
そうでなかったときは、彼の潔白さにはいかがわしさが付きまとっていると、
あなた方は悟ることになるのです!
(誰もが呆然となり、固唾をのんでローエングリンを見る。)

DER KÖNIG und DIE MÄNNER, dann DIE FRAUEN und KNABEN 国王、男たち、ついで婦人たちと小姓たち	Welch' harte Klagen! Was wird er entgegnen? 何という厳しい告発だろう！ 騎士は何と応えるだろうか？
LOHENGRIN ローエングリン	Nicht dir, der so vergaß der Ehren, hab' Not ich Rede hier zu steh'n; des Bösen Zweifel darf ich wehren, vor ihm wird Reine nie vergeh'n!

かくも名誉をないがしろにしたおまえに
ここで私が申し開きする必要はない。
悪人の疑ぐりなど撥ねつけてよかろうし、
私の潔白が彼の前で揺らぐことなど決してない！

FRIEDRICH フリードリヒ	Darf ich ihm nicht als würdig gelten, dich ruf' ich, König hochgeehrt! Wird er auch dich unadlig schelten, daß er die Frage dir verwehrt?

私がふさわしくない身だと言うのなら、
王よ、名誉の高いあなたにお願いいたします。
あなたに対してでさえ、名誉に不足があると言いたてて、
彼はやはり返答を拒むでしょうか？

LOHENGRIN ローエングリン	Ja, selbst dem König darf ich wehren, und aller Fürsten höchstem Rat! Nicht darf sie Zweifels Last beschweren, sie sahen meine gute Tat!

そのとおり、私は国王に対してさえも、
額を集めた君主たちにたいしても、拒むことは許される！
彼らが疑念の重荷にこころを悩ませる必要はない、
私の善なる行為は皆が見届けているのだ！

Nur Eine ist's, der muß ich Antwort geben:
Elsa....

私が答えをせねばならぬのは、ただ一人のおんな、
エルザ …

(Lohengrin hält betroffen an, als er sich zu Elsa wendend, diese mit heftig wogender Brust, in wildem inneren Kampfe vor sich hinstarren sieht.)
　　　　　Elsa! wie seh' ich sie erbeben!

（ローエングリンが、エルザに眼を向けると、彼女が内心の荒々しい葛藤に胸をはげしく波打たせて虚空を凝視しているのを見て、彼は言葉をとぎらせる。）

　　　エルザ！ 彼女はその身を何と激しく慄わせていることか！

DER KÖNIG, und ALLE MÄNNER 国王と男たち全員	Welch' ein Geheimnis muß der Held bewahren? Bringt es ihm Not, so wahr' es treu sein Mund! Wir schirmen ihn, den Edlen, vor Gefahren; durch seine Tat (allein) ward uns sein Adel kund.

我らの勇士はどのような秘密を持っているのだろうか？
秘密が苦境をもたらすおそれがあるのなら、彼の口は誠実に秘密を護って欲しい！
あの貴い方を我らは危険から守ろう、
彼の貴さを教えてくれたのはその武勲（だけ）だ。

DIE FRAUEN und KNABEN * 婦人たちと小姓たち	Welch' ein Geheimnis muß der Held bewahren? Verschweig' / Wahr' es treu sein Mund! Bringt sein Geheimnis ihr Not, so wahr' es getreu sein Mund! Bringt ihr sein Geheimnis Not, so bewahr'es treu sein Mund! Wahr' es treu sein Mund! Wahr' er es treu!

勇士はどのような秘密を持っているのだろうか？
その口は秘密を誠実に黙して/護って欲しい！
彼の秘密が姫に苦境をもたらすのなら、彼の口は忠実に護って欲しい！
彼の秘密が姫に苦境をもたらすのなら、彼の口は誠実に仕舞っておいて欲しい！
彼の口は誠実に護って欲しい！ 誠実に護って欲しい！

FRIEDRICH und ORTRUD フリードリヒとオルトルート	In wildem Brüten darf ich sie gewahren; der Zweifel keimt (tief) in ihres Herzens Grund. Er ist besiegt, / ja besiegt ist dieser Held, der mir zur Not in dieses Land gefahren, Er ist besiegt, wird ihm die Frage kund!

彼女の心が激しい葛藤を演じているのが分かる。
その胸の（深い）奥底に疑いが芽生えている。
この国にきて私に苦境をもたらした
彼は打ち負かされるのだ/勇士は打ち負かされるのだ、
あの問いが彼になされたときには！

LOHENGRIN ローエングリン	In wildem Brüten muß ich sie gewahren; Hat sie betört des Hasses Lügenmund? O Himmel! schirme ihr Herz vor den Gefahren! Nie werde Zweifel dieser Reinen kund!

姫の心は激しい葛藤を演じているようだ。
憎しみの虚言が姫を惑わしたのか？
ああ、天よ、姫の心を危険から護ってほしい！
この清純な姫に疑念などが湧かないように！

第2幕第5場

ELSA
エルザ

(der Umgebung entrückt, vor sich hinblickend.)
Was er verbirgt, wohl brächt' es ihm Gefahren,
vor aller Welt spräch' es hier aus sein Mund;
die er errettet, weh' mir Undankbaren!
verriet' ich ihn, daß hier es werde kund!
Wüßt' ich sein Los, ich wollt' es treu bewahren!
Im Zweifel doch, erbebt des Herzens Grund!

（周囲から心は離れ、虚空を見つめながら）
彼が秘密にしている何かが、彼に危険を齎すのかも、
もし彼の口から世間に語られたりしたときは。
彼に救ってもらった私が恩知らずになるわ、
彼を裏切って、秘密が明らかになったりしたら！
彼の秘密を知ったとしても、誠実にそれを守りましょう！
だが、私の胸は疑いに奥底からふるえている！

DER KÖNIG
国王

Mein Held, entgegne kühn dem Ungetreuen!
Du bist zu hehr, um, was er klagt, zu scheuen!

勇士よ、不実な男には臆せず応じなさい！
あなたは、彼の訴えに怯えるには貴すぎるお方だから！

DIE Sächsische Edlen(Chor I) und Die Brabantischen Edlen(Chor II)
ザクセンの貴族たち（合唱Ⅰ）とブラバントの貴族たち（合唱Ⅱ）

(sich an Lohengrin drängend.)
Wir steh'n zu dir, es soll uns nie gereuen,
daß wir der Helden Preis in dir erkannt!
Reich' uns die Hand! Wir glauben dir in Treuen,
daß hehr dein Nam', auch wenn er nicht genannt.

（ローエングリンへ殺到しつつ）
我々はあなたの味方です、勇士の値打ちを
あなたに認めたことを我々が悔いることはない！
我々に手を伸べてください！我々は誠実に信じる、
あなたの名が、たとえ呼ばれずとも、貴いことを！

LOHENGRIN
ローエングリン

Euch Helden soll der Glaubenicht/ nimmer gereuen,
werd' euch mein Nam' und Art auch nie genannt!

あなたがた勇士は悔いることはけっしてない
私の名と素性があなた方に、たとえ告げられずとも！

(Während Lohengrin, von den Männern, in deren dargereichte Hand er jedem einschlägt, umringt, etwas tiefer im Hintergrunde verweilt, — neigt Friedrich sich unbeachtet zu Elsa, welche bisher vor Unruhe, Verwirrung und Scham noch nicht vermocht hat auf Lohengrin zu blicken, und so, mit sich kämpfend, noch einsam im Vordergrunde steht.)

（ローエングリンが男たちに囲まれて、その一人一人と握手して、舞台の奥手に留まっている間、不安と混乱と恥ずかしさのあまり、まだローエングリンを仰ぎ見ることもできず、内心の葛藤をかかえて一人、前景に留まっていたエルザの方にフリードリヒは身を屈める。）

(Friedrich drängt sich an Elsa, welche vor sich hinbrütend einsam im Vordergrund zur Seite steht.—Die Männer schließen einen Ring um Lohengrin; er empfängt von jedem der Reihe nach den Handschlag.)

（思案にふけって前景の脇にひとり立っているエルザへフリードリヒがにじり寄る。
—　男たちはローエングリンの周りに輪を作り、彼は一人一人から順番に握手を受けている。）

FRIEDRICH
フリードリヒ

(leise, mit leidenschaftlicher Unterbrechung sich zu Elsa neigend.)
Vertraue mir! Laß dir ein Mittel heißen,
das dir Gewißheit schafft!

（エルザの方に屈みこみ、小声だが熱情に声を途切らせながら）
私を信じてください！　あなたに確信を与える手立てを
私が教えてあげましょう！

ELSA
エルザ

(erschrocken, doch leise.)
　　　　　　　　　　　　　　Hinweg von mir!

（ぎょっとなったが、小声で）
　　　　　　　　　　　近寄らないで！

FRIEDRICH
フリードリヒ

Laß mich das kleinste Glied ihm nur entreißen,
des Fingers Spitze, und ich schwöre dir,
was er dir hehlt, sollst frei du vor dir seh'n,
dir treu, soll nie er dir von hinnen geh'n!

彼の体の小さな一節(ひとふし)、たとえ指先でも私に切り取らせて
下さい。そうすれば、誓って言います、
彼が隠しているものを、何はばかる所なく見せてあげます、
あなたへの誠に縛られて、彼が去ってゆくことはありません！

ELSA
エルザ

Ha, nimmermehr!
まあ、とんでもない！

FRIEDRICH
フリードリヒ

　　　　　　　　　Ich bin dir nah' zur Nacht,
ruf'st du, ohn' Schaden ist es schnell vollbracht!

　　　　　　　今夜、お側に参りますから、合図さえくだされば、
すばやく、造作なくやり遂げてみせますよ！

LOHENGRIN
ローエングリン

(schnell in den Vordergrund tretend.)
Elsa, mit wem verkehrest du da?

（すばやく前景へ出てきて）
エルザ、誰を相手にしているのか？

LOHENGRIN
ローエングリン

(mit fürchterlicher Stimme zu Friedrich und Ortrud.)
Zurück von ihr, Verfluchte!
Daß nie mein Auge je
euch wieder bei ihr seh'!

(Elsa wendet sich mit einem zweifelvoll schmerzlichen Blicke von Friedrich ab, und sinkt tief erschüttert zu Lohengrin's Füßen.)
（エルザは絶望にみちた苦痛の眼差しでフリードリヒから顔をそむけ、深く動揺してローエングリンの足元に倒れ込む。）

（フリードリヒとオルトルートに向かい、割れ鐘のような声で）
姫から離れよ、呪われた者たち！
二度と私の眼がお前たちを
姫の側に見ることがないように！

(Friedrich macht eine Gebärde der schmerzlichsten Wut.)
(Lohengrin wendet sich zu Elsa, welche bei seinem ersten Zurufe wie vernichtet ihm zu Füßen gesunken ist.)
（フリードリヒはこの上なく苦しい怒りの姿勢をとる。）
（ローエングリンは最初の呼びかけにより、まるで打ちのめされたように彼の足もとに伏せていたエルザの方を向く。）

LOHENGRIN
ローエングリン

Elsa, erhebe dich! — In deiner Hand,
in deiner Treu' liegt alles Glückes Pfand.
Läßt nicht des Zweifels Macht dich ruh'n?
Willst du die Frage an mich tun?

エルザ、立ちなさい！ お前の手中と、お前の
誠に全ての幸せの保証があるのだ。
疑いの力がお前を落ち着かせないか？
私に問うてみたいか？

ELSA
エルザ

(in heftigster innerer Aufregung und in schamvoller Verwirrung.)
Mein Retter, der mir Heil gebracht!
Mein Held, in dem ich muß vergeh'n! *(mit Bedeutung und Entschluß.)*
Hoch über alles Zweifels Macht
... soll meine Liebe steh'n!

（この上なく激しい興奮にとらわれ、恥ずかしさにうろたえつつ）
私に救いを齎した救い手のあなた！
私が身を消してしまいたい、我が勇士！ （重々しく決断して）
あらゆる疑いの力をはるかに超えて
… 私の愛はあります！

(Sie sinkt an seine Brust.)
(Die Orgel ertönt aus dem Münster; Glockengeläute.)
（彼女は彼の胸に沈む。）
（聖堂からパイプオルガンの音が響く。鐘が鳴らされる。）

LOHENGRIN ローエン グリン	Heil dir, Elsa! Nun laß vor Gott uns geh'n! *(Lohengrin führt Elsa feierlich an den Edlen vorüber zum König.)*	

エルザよ、幸あれ! さあ、神の御まえに行こう!
(ローエングリンは厳かに貴族たちの前を過ぎてエルザを国王のもとへ導く。)

DIE MÄNNER 男たち	*(in begeisterter Rührung.)* Seht! Er ist von Gott gesandt!	

(感激して)

見ろ! 彼こそは神から遣わされた方だ!

DIE FRAUEN **und KNABEN** 女たちと 小姓たち	Heil! Heil! *(Wo Lohengrin mit Elsa vorbeikommt, machen die Männer ehrerbietig Platz.)*	

ばんざい! ばんざい!
(ローエングリンがエルザと通りかかると男たちは恭しく道をあける。)

DIE MÄNNER 男たち	Heil, Heil euch! Heil! Elsa von Brabant! Heil dir, Elsa! Gesegnet sollst du schreiten!	

ばんざい、お二人にばんざい、ブラバントのエルザ、ばんざい!
エルザ、ばんざい! 祝福を受けて歩まれよ!

(Von dem König geleitet, schreiten Lohengrin und Elsa langsam dem Münster zu.)
Heil dir! Heil dir, Tugendreiche!
Heil dir! Heil dir, Heil Elsa von Brabant! Heil!

(国王に導かれてローエングリンとエルザはゆっくりと聖堂へ歩を運ぶ。)

ばんざい! ばんざい、徳ゆたかな姫よ!
ばんざい、ばんざい! ブラバントのエルザ、ばんざい!

DIE FRAUEN **und KNABEN** 女たちと 小姓たち	Heil dir, Tugendreiche, Heil Elsa von Brabant! Heil dir, Heil dir, Heil Elsa von Brabant! Heil!	

ばんざい、徳ゆたかな姫よ! ブラバントのエルザ、ばんざい!
ばんざい、ばんざい、ブラバントのエルザ、ばんざい!

(Hier hat der König mit dem Brautpaar die höchste Stufe zum Münster erreicht; Elsa wendet sich in großer Ergriffenheit zu Lohengrin, dieser empfängt sie in seinen Armen. Aus dieser Umarmung blickt sie mit scheuer Besorgnis rechts von der Treppe hinab und gewahrt Ortrud, welche den Arm gegen sie erhebt, als halte sie sich des Sieges gewiß; Elsa wendet erschrocken ihr Gesicht ab.)

(この時＊40、国王と花婿花嫁は聖堂への段の頂上に到着。エルザが大きな感激に包まれてローエングリンを振り向くと、彼は彼女を両腕に抱きとる。その抱擁の中でエルザはふと不安を感じて石段から右手下方に眼をやると、オルトルートに気づく。彼女は勝利を確信するかのように腕をエルザに向けて突き出す。エルザは愕然として顔をそむける。)

＊訳注40:ちょうど、聖堂の中からパイプオルガンの音が響いてくる。

(Als Elsa und Lohengrin, wieder vom König geführt, dem Eingange des Münsters weiter zuschreiten, fällt der Vorhang.)

(エルザとローエングリンが、再び国王に導かれて聖堂の入口に向かって進むうち、幕が下りる。)

(Unter feierlichem Geläute führt der König Lohengrin an der linken und Elsa an der rechten Hand die Stufen des Münsters hinauf: Elsa's Blick fällt von der Höhe auf Ortrud herab, welche die Hand drohend zu ihr empor streckt; entsetzt wendet sich Elsa ab und schmiegt sich ängstlich an Lohengrin: als dieser sie weiter zum Münster geleitet, fällt der Vorhang.)

(厳かに鐘が打ち鳴らされるなか、国王は右手でローエングリン、左手でエルザを導いて聖堂の段を上ってゆく：エルザの視線が高みからオルトルートに落ちると、彼女は脅すように手を突き出す。驚いてエルザは顔をそむけ、不安げに身をローエングリンにすりよせる。彼がエルザをさらに聖堂の方に導いてゆくうち、幕が下りる。)

第 3 幕
Dritter Aufzug

Einleitung 前奏

Erste Szene 第1場

Der Vorhang geht auf.

幕が上がる。

(Das Brautgemach, rechts ein Erkerturm mit offenem Fenster. — Musik hinter der Bühne; der Gesang ist erst entfernt, dann näher kommend. In der Mitte des Liedes werden rechts und links im Hintergrunde Türen geöffnet: rechts treten die Frauen auf, welche Elsa, — links die Männer mit dem König, welche Lohengrin geleiten; Edelknaben mit Lichtern voraus.)

(Eine einleitende Musik schildert das prächtige Rauschen des Hochzeitsfestes. Als der Vorhang aufgeht, stellt die Bühne das Brautgemach dar, in der Mitte des Hintergrundes das reichgeschmückte Brautbett; an einem offenen Erkerfenster ein niedriges Ruhebett. — Zu beiden Seiten des Hintergrundes führen offene Türen in das Gemach. Der Brautzug nähert sich unter Musik und dem Gesange des Brautliedes dem Gemache, welches er in folgender Ordnung betritt:

Zur Türe rechts herein treten die Frauen auf, welche Elsa, — zur Türe links die Männer mit dem König, welche Lohengrin geleiten: Edelknaben mit Lichten gehen jedem der Züge voraus. Als sich die beiden Züge in der Mitte begegnen, führt der König Lohengrin Elsa zu; diese umfassen sich und bleiben in der Mitte stehen.)

(新婚の寝室。右手には張り出し窓があって開いている。一音楽は舞台の裏から聞こえる。合唱は初めは遠く、やがて近づいてくる。合唱の中ほどで背景の右手と左手の扉が開かれる。右手からはエルザを導く女たちが、左手からは国王と男たちがローエングリンを導いて登場。明りをもった小姓たちが先導する。)

(前奏の音楽は婚礼の祝典の華麗なざわめきを描写する。幕が上がると、舞台は新婚の寝室で、背景の真中には豊かに飾られた寝台。開いている張り出し窓にそって低いソファー。一背景の両側には寝室に通じる扉が開いている。婚礼の行列が婚礼の合唱と音楽の響くなかに寝室に近づき、以下の順序で入る：

右手の扉からはエルザを導く女たちが、左手の扉からは国王と男たちがローエングリンを導いて登場。明りを捧げ持った小姓がそれぞれの列の先頭を行く。両方の列が中央で出逢うと、国王はローエングリンをエルザへ連れて行き、二人は抱擁し、真中で立ちつくす。)

BRAUTLIED
婚礼の合唱

(der Männer und Frauen.)
Treulich geführt ziehet dahin,
wo euch der Segen der Liebe bewahr'!
Siegreicher Mut, Minnegewinn
eint euch durch Treue zum seligsten Paar.
Streiter der Tugend, schreite voran!
Zierde der Jugend, schreite voran!
Rauschen des Festes seid (nun) entronnen,
Wonne des Herzens sei euch gewonnen!

(男たちと女たち)
まめやかに導かれてお進みなさい、
あなた方を愛の幸せが護る部屋へ！
無敵の勇気と愛の獲得がお二人を
誠によってこよなく幸せな夫婦に結ぶ。
徳の戦士よ、お進みなさい！
青春の誉れよ、お進みなさい！
祝宴のざわめきから（今や）逃れた二人は
こころの歓喜を受け取りなさい！

(Hier werden die Türen geöffnet.)
Duftender Raum, zur Liebe geschmückt,
nehm' euch nun auf, dem Glanze entrückt.
Treulich geführt ziehet nun ein,
wo euch der Segen der Liebe bewahr'!
Siegreicher Mut, Minne so rein
eint euch in Treue zum seligsten Paar,
zum seligsten Paar! / In Treue!

(ここで両方の扉が開かれる)
愛のために飾られた、薫り高い部屋が、
輝きをあとにしてきた二人を迎えます。
まめやかに導かれてお入りなさい、
あなた方を愛の幸せが護る部屋へ！
無敵の勇気と至純の愛とが、お二人を
誠によってこよなく幸せな夫婦に結ぶ、
こよなく幸せな夫婦に結ぶ　／　誠によって！

(Als die beiden Züge in der Mitte der Bühne sich begegneten, ist Elsa von den Frauen Lohengrin zugeführt worden; sie umfassen sich und bleiben in der Mitte stehen. Acht Frauen umschreiten feierlich Lohengrin und Elsa, während diese von den Edelknaben ihrer schweren Obergewänder entkleidet werden.)

(両方の列が中央で出逢ったあと、エルザは女たちによってローエングリンへ導かれる。二人は抱擁し、真中で立ちつくす。8人の女性が厳かにローエングリンとエルザの周りを歩くあいだ、エルザの重いマントを小姓たちが脱がす。)

(Edelknaben entkleiden Lohengrin des reichen Obergewandes, gürten ihm das Schwert ab und legen dieses am Ruhebette nieder; Frauen entkleiden Elsa ebenfalls ihres kostbaren Obergewandes.)

(小姓たちがローエングリンの豪華なマントを脱がし、その剣を外してソファーに置く。同じように女たちがエルザの高価なマントを脱がす。)

(Acht Frauen umschreiten während dessen dreimal langsam Lohengrin und Elsa.)

(その間、8人の女たちがローエングリンとエルザの周りをゆっくりと3回、巡り歩く。)

ACHT FRAUEN
8人の女

(nach dem Umschreiten.)
 Wie Gott euch selig weihte,
 zu Freuden weih'n euch wir;
(Sie halten einen zweiten Umzug.)
 in Liebesglück's Geleite
 denkt lang' der Stunde hier!

(一回りした後で)
　　神があなた方を幸福へと清めたように、
　　私たちは喜びへと清めましょう。
(二回目を回る)
　　愛の幸福に導かれて、久しく
　　この一刻を覚えているように！

(Der König umarmt und segnet Lohengrin und Elsa.)

(国王はローエングリンとエルザを抱擁し、祝福する。)

(Die Edelknaben mahnen zum Aufbruch: die Züge ordnen sich wieder und während des Folgenden schreiten sie an den Neuvermählten / dem Paare vorüber, so daß die Männer durch die Türe rechts, die Frauen links das Gemach verlassen.)

(小姓たちが出発の合図をする。行列が整えられ、以下、新婚の二人のそばを通って男たちは右の扉から、女たちは左の扉から部屋を出て行く。)

BRAUTLIED
婚礼の合唱
ALLE MÄNNER und FRAUEN
男たちと女たち全員

(gesungen während des Fortgehens.)
Treulich bewacht bleibet zurück,
wo euch der Segen der Liebe bewahr'!
Siegreicher Mut, Minne und Glück
eint euch in Treue zum seligsten Paar.
Streiter der Tugend, bleibe daheim!
Zierde der Jugend, bleibe daheim!

(去ってゆくときに歌われる。)
　　まめやかに護られて、お残りなさい、
　　あなた方を愛の幸せが護る部屋に！
　　無敵の勇気と愛と幸せがお二人を
　　誠によってこよなく幸せな夫婦に結ぶ。
　　徳の戦士よ、留まりなさい！
　　若さの誉れよ、留まりなさい！

Rauschen des Festes seid (nun) entronnen,
Wonne des Herzens sei euch gewonnen!
Duftender Raum, zur Liebe geschmückt,
nahm euch nun auf, dem Glanze entrückt.

祝宴のざわめきから（今や）逃れた二人は
こころの歓喜を受け取りなさい！
愛のために飾られた、薫り高い部屋が、
輝きをあとにしてきた二人を迎えました。

(Hier haben die Züge die Bühne gänzlich verlassen; die Türen werden von den letzten Knaben geschlossen.)
Treulich bewacht bleibet zurück,
wo euch der Segen der Liebe bewahr'!
Siegreicher Mut, Minne und Glück
eint euch in Treue zum seligsten Paar,
zum seligsten Paar! / In Treue!

（ここで、行列はまったく舞台から去っている。どの扉も最後の小姓の手で閉じられる。）

まめやかに護られて留まりなさい、
あなた方を愛の幸せが護る部屋に！
無敵の勇気と愛と幸せが、お二人を
誠によってこよなく幸せな夫婦に結びます、
こよなく幸せな夫婦に結びます。　／　誠によって！

(Als alle das Gemach verlassen haben, werden die Türen von außen geschlossen. In immer weiterer Ferne verhallt der Gesang.)

（全員が部屋を去った後、扉は外から閉じられる。歌はますます遠くから聞こえている。）

(Elsa ist, als die Züge das Gemach verlassen haben, wie überselig Lohengrin an die Brust gesunken. Lohengrin setzt sich, während der Gesang verhallt, auf einem Ruhebett am Erkerfenster nieder, indem er Elsa sanft nach sich zieht.)

（行列が部屋を去った後で、エルザはあふれる幸せにローエングリンの胸に身をうずめていた。歌が響き消えるあいだ、ローエングリンは張り出し窓に接したソファーに腰をおろし、エルザをやさしく引き寄せる。）

Zweite Szene 第２場

(Elsa ist wie überselig an Lohengrin's Brust gesunken. Lohengrin geleitet dann Elsa sanft nach dem Ruhebette, auf dem sich beide, an einander geschmiegt, niederlassen.)

（エルザはあふれる幸せにローエングリンの胸に身をうずめていたが、ローエングリンはやがてエルザをソファーの方に導き、二人はあい擁して腰をおろす。）

LOHENGRIN
ローエングリン

Das süße Lied verhallt; wir sind allein,
zum ersten Mal allein, seit wir uns sah'n.
Nun sollen wir der Welt entronnen sein,
kein Lauscher darf des Herzens Grüßen nah'n. —
Elsa, mein Weib! Du süße, reine Braut!
Ob glücklich du, das sei mir nun vertraut!

甘美な歌も響きやんだ。私たちは二人だけ、
私たちが出会ってから初めて二人だけになった。
いまや、世の中を離れていよう、心が
交わす挨拶へ近づいて窺う者がいてはならない。—
我が妻、エルザよ、やさしく、清らかな花嫁よ、
幸せか、私に打ち明けておくれ！

ELSA
エルザ

Wie wär' ich kalt, mich glücklich nur zu nennen,
besitz' ich aller Himmel Seligkeit!
Fühl' ich zu dir so süß mein Herz entbrennen,
atme ich Wonnen, die nur Gott verleiht;
fühl' ich zu dir so süß mich entbrennen,
atme ich Wonnen, die nur Gott verleiht!

ただ幸せです、というだけではやはり冷たいでしょう、
なべての天の至福を私は持っているのですから！
あなたに向けてこころが甘く燃えるからこそ、
私は神だけが与えてくださる歓喜を呼吸するのです。
あなたに向けて自分が甘く燃えるからこそ、
私は神だけが与えてくださる歓喜を呼吸するのです。

LOHENGRIN
ローエングリン

(feurig)
Vermagst du, Holde! glücklich dich zu nennen,
gibst du auch mir des Himmels Seligkeit! *(zärtlich.)*
Fühl' ich zu dir so süß mein Herz entbrennen,
atme ich Wonnen, die nur Gott verleiht;
fühl' ich so süß,

（情熱をこめて）
やさしい女よ、自分を、幸せだ、と呼べるなら、
お前は私にも天の至福を与えてくれるのだ！（やさしく）
お前に向けてこころが甘く燃えるからこそ、
私は神だけが与えてくださる歓喜を呼吸するのだ。
お前に向けて甘く、

ELSA エルザ	Fühl' ich so süß mich entbrennen,	
	あなたに向けて自分が甘く燃えるからこそ、	
LOHEMGRIN ローエン グリン	fühl' ich so süß mich entbrennen,	
	お前に向けてこころが甘く燃えるからこそ、	
ELSA エルザ	so süß mich entbrennen,	
	自分が甘く燃えるからこそ、	
ELSA und **LOHENGRIN** エルザと ローエン グリン	Atme ich Wonnen, die nur Gott verleiht, die nur Gott verleiht!	
	私は神だけが与えてくださる歓喜を呼吸する、 神だけが与えてくださる歓喜を！	
LOHENGRIN ローエン グリン	Wie hehr erkenn' ich uns'rer Liebe Wesen! Die nie sich sah'n, wir hatten uns geahnt; — war ich zu deinem Streiter auserlesen, hat Liebe mir zu dir den Weg gebahnt: dein Auge sagte mir dich rein von Schuld, mich zwang dein Blick zu dienen deiner Huld.	
	私たちの愛の真実を私がいかに崇高に認めていることか！ 一度も出会ったことはなかったが、私たちは互いを予感していた。 お前のために闘う戦士に選び出されたとき、 お前のところまでは愛が道をつけてくれた。 お前の眼はお前が潔白であることを私に告げた、 お前の眼差しが私にお前の慈愛に仕えよと命じたのだ。	

ELSA
エルザ

Doch ich zuvor schon hatte dich gesehen,
in sel'gem Traume warst du mir genaht:
als ich nun wachend dich sah vor mir stehen,
erkannt' ich, daß du kamst auf Gottes Rat.
Da wollte ich vor deinem Blick zerfließen,
gleich einem Bach umwinden deinen Schritt,
als eine Blume, duftend auf der Wiesen,
wollt' ich entzückt mich beugen deinem Tritt.
Ist dies nur Liebe? — Wie soll ich es nennen,
dies Wort, so unaussprechlich wonnevoll,
wie, ach! dein Name, den ich nie darf kennen,
bei dem ich nie mein Höchstes nennen soll!

でも、既にその前に私はあなたに会っていたのでした、
あの幸せな夢のなかで、あなたは私に近づいてきたのです。
そして、目覚めている私が目の前にあなたを見た時、
あなたが神から遣わされた身であることが解りました。
私はあなたの眼差しに溶けて流れたく思い、
小川のようにあなたの歩みにまとわり付き、
草はらに薫る一輪の花のように、恍惚となって、
あなたの歩みに身を屈したいと望んだのです。
これは単なる愛でしょうか？—それをどう呼ぶべきか、
言い難いほどに歓喜にみちた、この言葉、
ああ、私が知ってはならない、あなたの名前、
私の最高のものをそれで呼んではならないのです！

LOHENGRIN
ローエングリン

(schmeichelnd / zärtlich.)
Elsa!

（取り入るように/愛情をこめて）
エルザ！

ELSA
エルザ

Wie süß mein Name deinem Mund' entgleitet! *(etwas zögernd.)*
Gönnst du des deinen holden Klang mir nicht?
Nur, wenn zur Liebesstille wir geleitet,
sollst du gestatten, daß mein Mund ihn spricht.

私の名前がなんと甘美にあなたの口から滑り出るのでしょう！（すこしためらい気味に）
あなたのそれの優しい響きを私に教えてはもらえないの？
ただ、愛のしじまへ導かれるときだけでも、
私の口がそれを発することを許して下さったら良いのです。

LOHENGRIN
ローエングリン

Mein süßes Weib!

いとしい妻よ！

ELSA エルザ	Einsam, wenn niemand wacht; nie sei der Welt er zu Gehör gebracht.

他の誰も目覚めていない、二人だけのとき、
その名前は世間の耳にけっして入れません。

LOHENGRIN ローエン グリン	*(Lohengrin umfaßt Elsa freundlich und deutet durch das offene Fenster auf den Blumengarten.)* Atmest du nicht mit mir die süßen Düfte? O, — wie so hold berauschen sie den Sinn! Geheimnißvoll sie nahen durch die Lüfte, — fraglos geb' ihrem Zauber ich mich hin. —

（ローエングリンは親しげにエルザを抱き、開いた窓をとおして、花園の方を指しながら）

お前は私といっしょに、あの花の甘い香りを呼吸しているではないか？
ああ、あの香りがなんとやさしく感覚を酔わせるのか！
不可思議に空気を伝わって近づいてくる香り、—
その魔法になんの躊躇もなく私は身をゆだねる。—

(mit erhobener Stimme.)
So ist der Zauber, der mich dir verbunden,
da als ich zuerst, du Süße, dich ersah;
nicht deine Art ich brauchte zu erkunden,
dich sah mein Aug' — mein Herz begriff dich da.

（声を高めて）

私をお前に結びつけた魔法もそれとおなじものだ、
愛らしい女よ、初めて私がお前を認めた時だ。
お前の素姓を詮索する必要を私は感じなかった、
眼がお前を見て、—心が理解したのだった。

Wie mir die Düfte hold den Sinn berücken,
nah'n sie mir gleich aus rätselvoller Nacht, *(feurig.)*
so deine Reine mußte mich entzücken,
traf ich dich auch in schwerer Schuld Verdacht.
(Elsa birgt ihre Beschämung, indem sie sich demütig an ihn schmiegt.)

あの香りは、謎にみちた夜の闇からやってはくるのだが、
それでも、やさしく私の感覚をうっとりさせる。（情熱をこめ）
お前の清らかさも私を恍惚とさせずにはおかなかった、
重い罪の疑いをかけられた身でお前はあったが。
（エルザは慎ましく身を彼に添わせることで、気恥ずかしさを隠す。）

ELSA
エルザ

Ach! könnt' ich deiner wert erscheinen,
müßt' ich vor dir nicht bloß vergeh'n;
könnt' ein Verdienst mich dir vereinen,
dürft' ich in Pein für dich mich seh'n!

ああ、私があなたにふさわしい価値をもてたら、
ただ、あなたの前で溶け消えるだけではないでしょうに。
何か手柄をたてて、あなたと溶け合いたい、
あなたのために私が苦痛を引き受けられたらいい！

Wie du mich trafst vor schwerer Klage,
o! wüßte ich auch dich in Not!
Daß mutvoll ich ein Mühen trage,
kennt' ich ein Sorgen, das dir droht! —

重い罪の疑いをかけられた私をあなたが見出したように、
ああ、苦境に陥っているあなたを見ることができたら！
私が勇気をもって苦労を引き受けられるように、
あなたを脅している心配を知ることができたら！

Wär' das Geheimnis so geartet,
das aller Welt verschweigt dein Mund? *(immer geheimnisvoller.)*
Vielleicht, daß Unheil dich erwartet,
würd' aller Welt es offen kund?

あなたの秘密は全世界にたいしてさえも、
あなたの口が黙しておくような秘密なの？(ますます意味ありげに)
それが世間の皆に知られたら、災いが
あなたを待ちうけているような秘密なの？

Wär' es so! und dürft' ich's wissen,
dürft' ich in meiner Macht es seh'n,
durch Keines Droh'n sei mir's entrissen,
für dich wollt' ich zum Tode geh'n!

もし、そうであって、それでも私が知ることができ、
私の力で、できるものであるならば、
誰が脅そうとも、その秘密を私から奪い取ることはできないし、
私はあなたのために、死を賭してもかまわないわ！

LOHENGRIN
ローエングリン

Geliebte!

愛しい女！

	ELSA エルザ	*(immer leidenschaftlicher.)* O mach' mich stolz durch dein Vertrauen, daß ich in Unwert nicht vergeh'! Laß dein Geheimnis mich erschauen, daß, wer du bist, ich offen seh'!

（ますます熱がこもって）

　　ああ、あなたの信頼により私が誇らかになり、
　　無価値な女として消え去ったりすることがありませんように！
　　あなたの秘密を私に見させて、あなたが誰か、
　　はっきりと見えるようにしてください！

	LOHENGRIN ローエン グリン	Ach, schweige, Elsa!

　　エルザ、黙りなさい！

	ELSA エルザ	*(immer drängender.)* 　　　　　　　Meiner Treue enthülle deines Adels Wert! Woher du kamst, sag' ohne Reue, — durch mich sei Schweigens Kraft bewährt!

（さらにしつこく）

　　　　　　　　あなたの崇高さの
　　値打ちを私の誠に向けて顕わしてください！
　　どこからいらしたのか、おっしゃって悔いはないわ。
　　沈黙の力は私が護ります！

	LOHENGRIN ローエン グリン	*(streng und ernst, einige Schritte zurücktretend.)* Höchstes Vertrau'n hast du mir schon zu danken; da deinem Schwur ich Glauben gern gewährt; wirst nimmer du vor dem Gebote wanken, hoch über alle Frau'n dünkst du mich wert! —

（数歩さがって、きびしく、かつ厳粛に）

　　すでに最高の信頼をお前は私から与えられている。
　　お前の誓いを喜んで私が信じたからには、
　　お前が私の命令にこころをぐらつかせることがなければ、
　　お前の価値はあらゆる女性を超えて高くあると私は思うのだ。

(Er wendet schnell sich wieder liebevoll zu Elsa / zieht mit beruhigender Gebärde Elsa wieder sanft an sich.)

（すばやくまた愛をこめてエルザの方にむき／落ち着かせるような身振りでエルザをまたやさしく引きよせ）

An meine Brust, du Süße, Reine!
Sei meines Herzens Glühen nah',
daß mich dein Auge sanft bescheine,
in dem ich all' mein Glück ersah! *(feurig.)*
O, gönne mir, daß mit Entzücken
ich deinen Atem sauge ein!
Laß fest, ach! fest an mich dich drücken,
daß ich in dir mög' glücklich sein!

やさしく清らかなお前、私の胸に来なさい！
私の心のほてりに身を寄せなさい、
お前の眼が柔らかに照らすように。
その眼に私はすべての幸福を見てとったのだ！　（激しく）
私が恍惚とお前の息を
吸い込めるようにしてくれ！
固く、ああ、固く身を私に押しつけて、
私がおまえの内に幸福であるようにしてほしいのだ！

Dein Lieben muß mir hoch entgelten
für das, was ich um dich verließ;
kein Los in Gottes weiten Welten
wohl edler als das meine hieß'!

お前の愛は、お前のために私が捨ててきたものに、
高く報いてくれるものでなければならない
神の広い世界の中で私の運命ほど、
高貴なものはなかったのだ！

Böt' mir der / ein König seine Krone,
ich dürfte sie mit Recht verschmäh'n.
Das Einz'ge, was mein Opfer lohne,
das Einz'ge, was mein Opfer lohne,
muß ich in deiner Lieb' erseh'n!
Drum wolle stets den Zweifel meiden,
dein Lieben sei mein stolz Gewähr;
denn nicht komm' ich aus Nacht und Leiden,
aus Glanz und Wonne komm' ich her!

たとえ、王がその王冠を私に与えようとしても、
私にはそれを拒んでいい理がある。
私の払った犠牲に報いる唯一のものは、
私の払った犠牲に報いる唯一のものは、
ただ、お前の愛のなかに見つけるほかないのだ。
だからこそ、つねに疑いは退けてほしい、
お前の愛こそ私が誇れる報いであってくれ。
それというのも、私は闇と苦しみからではなく、
光栄と歓喜の国を出て、ここへ来たのだ！

ELSA
エルザ

Hilf Gott! Was muß ich hören!
Welch' Zeugnis gab dein Mund!
Du wolltest mich betören, —
nun wird mir Jammer kund!
Das Los, dem du entronnen,
es war dein höchstes Glück:
du kamst zu mir aus Wonnen
und sehnest dich zurück!

ああ、何ということでしょう！
あなたの口から何という証拠を聴いたのでしょうか！
あなたは私をだまそうとした、──
そしていまや、おぞましいことが分かった！
あなたが逃れてきた運命とは、
あなたの最高の幸福だったのね。
あなたは歓喜を捨てて私のところへ来た、
そして、今やそこへ帰って行きたく思っているのよ！

Wie soll ich Ärmste glauben,
dir g'nüge meine Treu'?
Ein Tag wird dich mir rauben
durch deiner Liebe Reu', —
durch deiner Liebe Reu'.

こよなく哀れな私がどうして、信じられましょう、
私の誠だけであなたが満足して下さるなどと？
いつの日か、あなたは私から奪われるでしょう、
あなたが愛を悔いることで、
あなたが愛を悔いることで。

LOHENGRIN
ローエングリン

Halt' ein, dich so zu quälen!

止めないか、そのように自分を苦しめるのは！

ELSA エルザ		Was quälest du mich doch? Soll ich die Tage zählen, die du mir bleibest noch? In Sorg' um dein Verweilen verblüht die Wange mir; — dann wirst du mir enteilen, im Elend bleib' ich hier!

あなたは私をなぜ、苦しめるのですか？
あなたが私のもとに留まっている日の数を、
私に数えろとでも云うのですか？
あなたを引きとめる心労のために
私の頬は色あせてゆきます。
時が来れば、あなたは急ぎ去ってゆき、
この悲惨の中に私は残るのです！

LOHENGRIN ローエン グリン	*(lebhaft.)*	Nie soll dein Reiz entschwinden, bleibst du von Zweifel rein!

（激しく）
　　　　お前の魅力が失せることはけっしてない、
　　　　お前が疑念をさっぱりと捨ててさえいれば！

ELSA エルザ	Ach, dich an mich zu binden, wie sollt' ich mächtig sein? Voll Zauber ist dein Wesen, durch Wunder kamst du her; — wie sollt' ich da genesen? wo fänd' ich dein' Gewähr?

ああ、あなたを金縛りにする、どこに
そのような力を見つけたらいいのかしら？
あなたのありようは魔法にまみれている、
不可思議の国からあなたはやってきた。
どうやって、私は癒されるのかしら？
どこにあなたの保証を取り付けたらいいの？

(Sie schreckt in heftigster Aufregung zusammen und hält an, wie um zu lauschen.)
Hörtest du nichts? vernahmest du kein Kommen?

（激しく興奮したまま、怯えて、何かに耳をそばだてるように口をつぐむ。）
何か、聞こえなかった？何かが来るのが聞こえなかった？

LOHENGRIN ローエン グリン	Elsa! エルザ！

ELSA エルザ	*(vor sich hinstarrend.)* 　　　　　Ach nein! ... Doch dort! — der Schwan, der Schwan! Dort kommt er auf der Wasserflut geschwommen, — du rufest ihn, — er zieht herbei den Kahn!

（虚空を凝視して）
　　　　いいえ、違うわ！… でも、やっぱり！—あの白鳥、あの白鳥だわ！
あそこを、あの白鳥が、流れのうえを泳いでくる、—
あなたが呼んでいるのよ。—あの小舟を曳いてくるわ！

LOHENGRIN ローエン グリン	Elsa, halt' ein! Beruh'ge deinen Wahn! エルザ、やめないか！　妄想を鎮めるのだ！

ELSA エルザ	Nichts kann mir Ruhe geben, dem Wahn mich nichts entreißt; als, — gelt' es auch mein Leben, — zu wissen, wer du sei'st? もう、何物も私に安らぎを与えはしない、 妄想から私をもぎ放さない。 ただ、—いのちを賭けてもいい、— あなたが誰かを、知るほかには。

LOHENGRIN ローエン グリン	Elsa, was willst du wagen? エルザ、何ということを口にする！

ELSA エルザ	Unselig holder Mann, hör', was ich dich muß fragen! Den Namen sag' mir an! 不幸せに優しいあなた、いいですか、 あなたにお訊きせずにはいられないの！ お名前をおっしゃって！

LOHENGRIN ローエン グリン	Halt' ein! やめないか！

ELSA エルザ	Woher die Fahrt? 　　　　どちらからいらっしゃったの？

LOHENGRIN ローエン グリン	Weh' dir! とんだことを！

ELSA エルザ	Wie deine Art? 　　　　あなたの素姓は？

LOHENGRIN ローエン グリン	Weh' uns, was tatest du! 何ということをしてくれた、我々ふたりにたいして！	

(Elsa gewahrt Friedrich und seine vier Genossen, welche mit gezückten Schwertern durch eine hintere Tür hereinbrechen.)
(Elsa, die vor Lohengrin steht, welcher den Hintergrund im Rücken hat, erblickt durch die hintere Türe Friedrich und die vier brabantischen Edlen, wie sie mit gezücktem Schwerte hereinbrechen.)

（エルザはフリードリヒと彼の4人の仲間に気付く。彼らは抜き身を閃かして奥の扉から闖入してきた。）
（背景に背を向けているローエングリンの前に立っていたエルザは奥の扉からフリードリヒと4人のブラバントの貴族が刃を閃かして飛び込んでくるのを認める。）

ELSA エルザ	*(nach einem fürchterlichen Schrei.)* **Rette dich! Dein Schwert, dein Schwert!**	

（恐ろしい悲鳴をあげたあと）

あぶない！ あなたの剣です、あなたの剣を！

(Sie reicht das am Ruhebett angelehnte Schwert hastig Lohengrin, so daß dieser schnell es aus der Scheide, welche sie hält, ziehen kann. — Lohengrin streckt Friedrich, welcher nach ihm ausholt, mit einem Streiche tot zu Boden; den entsetzten Edlen entfallen die Schwerter, sie stürzen zu Lohengrin's Füßen auf die Knie.)

（エルザはソファーに立てかけてあった剣を急いでローエングリンに渡し、ローエングリンはエルザが支え持つ鞘からすばやく白刃を引き抜くことができた。―ローエングリンは剣を振りかぶってむかって来るフリードリヒを一撃で床に仆す。恐怖を感じた貴族たちは剣を取り落として、ローエングリンの足もとに膝をつく。）

(Elsa, die sich an Lohengrin's Brust geworfen hatte, sinkt ohnmächtig langsam an ihm zu Boden. Langes Stillschweigen.)

（ローエングリンの胸の身を投げていたエルザは、失神してゆっくりと床に沈む。長い静寂。）

LOHENGRIN ローエン グリン	*(tief erschüttert, steht allein aufrecht.)* **Weh', nun ist all' unser Glück dahin!** *(Lohengrin neigt sich zu Elsa, erhebt sie sanft und lehnt sie auf das Ruhebett.)*	

（激しいショックを受け、ひとり、立ちつくす。）

ああ、これで我々の幸せのすべては終わった！

（エルザの方に屈みこみ、やさしく抱き上げて、ソファーに寝かせる。）

ELSA エルザ	*(matt die Augen aufschlagend.)* **Allewiger, erbarm' dich mein!**	

（ぼんやりと眼を開いて）

神よ、私を憐んでください！

(Der Tag ist in allmählichem Anbruche begriffen; die tief herabgebrannten Kerzen drohen zu verlöschen.)
(Auf Lohengrin's Zeichen erheben sich die vier Edlen.)

（夜がおもむろに明けようとする。丈の短くなったロウソクが消えかかる。）
（ローエングリンの合図で4人の貴族が立ち上がる。）

第 3 幕第 2 場

LOHENGRIN
ローエングリン

Tragt den Erschlag'nen vor des König's Gericht!
(Die vier Edlen nehmen die Leiche Friedrich's auf und entfernen sich mit ihr durch eine Türe des Hintergrundes rechts.)
(Lohengrin läutet an einem Glockenzuge: zwei /vier Frauen treten von links ein.

死者を王の裁きの場へはこべ！
(4人の貴族はフリードリヒの亡き骸を担ぎあげ、奥の右の扉から去る。)
(ローエングリンは呼び鈴の紐を引く。 2人/4人の女が左から入って来る。)

LOHENGRIN
ローエングリン

(zu den Frauen.)
Sie vor den König zu geleiten,
schmückt Elsa, meine süße Frau!
Dort will ich Antwort ihr bereiten,
daß sie des Gatten Art erschau'!

（女たちに）
王のもとへ行かせるために、
エルザの身なりをととのえてやれ！
そこで、私は彼女に答えて、
夫の素姓が解るようにしよう！

(Er geht / entfernt sich mit traurig feierlicher Haltung durch die Türe rechts ab:— die Frauen geleiten Elsa, die keines Wortes / kaum der Bewegung mächtig ist, nach links von dannen /ab.)

(ローエングリンは悲しげな、厳しい姿勢で右の扉から去る。 — 口もきけ/ほとんど身動きもできないエルザを導いて女たちは左から退場。)

(Der Tag hat langsam begonnen zu grauen; die Kerzen sind verloschen.)
(Ein großer Vorhang fällt im Vordergrund zusammen und schließt die Bühne gänzlich. / Ein zusammenfallender Vorhang schließt im Vordergrunde die ganze Szene.)
(Wie aus dem Burghofe herauf hört man Heerhörner einen Aufruf blasen.)

(ゆっくりと、夜が白み始める。ロウソクはすべて消えている。)
(大きなカーテンが前景に下ろされて舞台を完全に閉ざす。／ カーテンが垂れて前景の舞台をすべて閉ざす。)
(城の中庭あたりからラッパの信号が聞こえる。)

Dritte Szene 第３場

Als der vordere Vorhang wieder auf- / in die Höhe gezogen wird, stellt die Bühne wieder die Aue am Ufer der Schelde dar, wie im ersten Akt; glühende Morgenröte, allmählicher Anbruch des vollen Tages.

Ein Graf mit seinem Heergefolge zieht im Vordergrunde rechts auf, steigt vom Pferd und übergibt dies einem Knechte; zwei Edelknaben tragen ihm Schild und Speer. Er pflanzt sein Banner auf, sein Heergefolge sammelt sich um dasselbe.

Während ein zweiter Graf auf die Wiese, wie der erste, einzieht, hört man bereits die Trompeten eines dritten sich nähern.

Ein dritter Graf zieht mit seinem Heergefolge ebenso ein. Die neuen Scharen sammeln sich um ihre Banner; die Grafen und Edlen begrüßen sich, prüfen und loben ihre Waffen u.s.w.

Ein vierter Graf zieht mit seinem Heergefolge von rechts her ein und stellt sich bis in die Mitte des Hintergrundes auf. Als die Trompeten des Königs vernommen werden, eilt alles sich um die Banner zu ordnen.

Der König mit seinem sächsischen Heerbann zieht von links ein.

(Von verschiedenen Seiten gelangt nach und nach der brabantische Heerbann auf die Scene: die einzelnen Haufen werden von Grafen geführt, deren Bannerträger nach der Ankunft das Wappen in den Boden pflanzen, um welches sich der jedesmalige Haufe schart; Knaben tragen Schild und Speer des Grafen, Knechte führen die Rosse bei Seite. Als die Brabanter alle eingetroffen sind, zieht von links König Heinrich mit seinem Heerbann ein: alle sind in voller kriegerischer Rüstung.)

前景に下ろされていた幕がふたたび引き挙げられると、舞台はまた、第1幕の時と同じ、スヘルデ川岸の草原。燃えるような朝焼け。しだいに昼へと変わってゆく。

（部下を連れた伯爵がひとり、前景の右手に登場。馬から下りて、馬を従卒に預ける。小姓が二人、彼の楯と槍を担う。伯爵が自分の軍旗を立てると、部下はその周りに集まる。）

（第2の伯爵が、最初のと同じように草原に入って来ると、第3の伯爵のトランペットが近づいてくるのが既に聞こえる。）

（第3の伯爵が部下を連れて同じように入って来る。新しい部隊がいくつもめいめいの軍旗の周囲に集まる。伯爵たちと貴族たちは挨拶を交わし、武具を吟味したり、褒めあったりしている、などなど。）

（第4の伯爵が部下とともに右手から登場し、舞台奥の中央まできて、そこに立つ。国王のトランペット信号が聞こえると、皆は急いでそれぞれの軍旗の周囲に整列する。）

（国王がザクセン軍を率いて左手から登場する。）

（さまざまな方角からブラバント軍が舞台に登場する。それぞれの部隊は伯爵に率いられ、その旗手は到着すると軍旗を地面にたて、その周囲にそれぞれの隊が集まる。小姓たちが伯爵の楯と槍を運んでいる。従卒たちは馬を脇に連れてゆく。ブラバント軍の全員が到着した時、ハインリヒ王が召集軍とともに左手から登場。全員が完全武装。）

ALLE MÄNNER 男たち全員	*(an die Schilde schlagend, als der König unter der Eiche angelangt ist.) / (den Einzug des Königs begrüßend.)* **Heil, König Heinrich!** **König Heinrich Heil!** （国王が樫の樹の下に着くと、楯を叩きながら）／（国王の到着を歓迎して） ばんざい、ハインリヒ王！ ハインリヒ王　ばんざい！

第3幕第3場

DER KÖNIG
国王

(unter der Eiche stehend.)
Habt Dank, ihr Lieben von Brabant!
Wie fühl' ich stolz mein Herz entbrannt,
find' ich in jedem deutschen Land
so kräftig reichen Heerverband!
Nun soll des Reiches Feind sich nah'n,
wir wollen tapfer ihn empfah'n:
aus seinem öden Ost daher
soll er sich nimmer wagen mehr!

（樫の樹の下に立って）
ブラバントの方がたよ、 忝 い！
私のこころがいかに誇りに熱くなっていることか、
ドイツのどの土地にも、かように
力強く充実した軍団があるのを見出して！
いまや、ドイツ国の敵が近づいて来ようと聞く、
我らは勇敢に彼らを迎え撃とう。
その不毛な東方の地から二度と
彼らがのさばり出てこないように！

Für deutsches Land das deutsche Schwert!
So sei des Reiches Kraft bewährt!

ドイツの国土のためにはドイツの剣を！ *41
かくして、国の力は保たれよ！

ALLE MÄNNER
男たち全員

Für deutsches Land das deutsche Schwert!
So sei des Reiches Kraft bewährt!

ドイツの国土のためにはドイツの剣を！
かくして、国の力は保たれよ！

DER KÖNIG
国王

Wo weilt nun der, den Gott gesandt
zum Ruhm, zur Größe von Brabant?

神により、ブラバントの名声と偉大のために
遣わされた勇士は、さて、どこにいるのだろうか？

(Ein scheues Gedränge ist entstanden: die vier brabantischen Edlen bringen auf einer Bahre Friedrich's verhüllte Leiche getragen und setzen sie in der Mitte des Kreises / der Bühne nieder. Alles blickt sich unheimlich fragend an.)

（軽いざわめきが起こる。4人のブラバントの貴族が覆いをかけたフリードリヒの亡きがらを担架に乗せて運んで来て、リング/舞台の中央に下ろす。誰もが不審な面持ちで視線を交わす。）

＊訳注41：この台詞は、19世紀なかばのドイツ愛国主義的心情を反映して人気を博した。

Die Männer (in drei Chören)/ ALLE **男たち** (三つの合唱で)	Was bringen die? Was tun sie kund? Die Mannen sind's des Telramund! 彼らは何を運んできた？　何を公にしようとするのか？ 彼らはテルラムントの部下だぞ！
DER KÖNIG **国王**	Wen führt ihr her? Was soll ich schau'n? Mich faßt bei eurem Anblick Grau'n! お前たちは誰を連れてきた？　何を見よ、というのか？ お前たちの姿におののきを覚えるぞ！
DIE VIER EDLEN **4人の貴族**	So will's der Schützer von Brabant; wer dieser ist, macht er bekannt. こうお命じになったのは、ブラバントの保護者です。 これが誰であるかは、あの方が明らかになさいます。

(Elsa, mit großem Gefolge von Frauen, tritt auf und schreitet langsam, wankenden Schrittes vor / ,in den Vordergrund.)
(エルザが多数の女たちを引き連れて登場し、よろめく足取りで、ゆっくり<u>前景へ</u>と進む。)

DIE MÄNNER (in zwei Chören) 男たち全員(二つの合唱で) **Chor I** **合唱 I**	Seht! Elsa naht, die tugendreiche! *(Der König geht Elsa entgegen und geleitet sie zu einem Sitze der Eiche gegenüber.)* 見ろ！　徳の高いエルザ姫がやって来る！ (国王はエルザを迎えにゆき、樫の樹に向かい合った椅子へ導く。)
Chor II **合唱 II**	Wie ist ihr Antlitz trüb' und bleiche! 何と姫の顔の、血の気の失せて、暗いこと！
DER KÖNIG **国王**	*(der Elsa entgegen gegangen ist und sie nach einem hohen Sitze, ihm gegenüber, geleitet.)* Wie muß / soll ich dich so traurig seh'n! Will / Muß dir so nah' die Trennung geh'n? (エルザを迎えに行き、彼の向かい側の高い椅子に導く。) 何と、あなたは悲しげなようすでいるのか！ 別離がそれほどに胸にこたえるのか？ *(Elsa versucht /<u>wagt nicht</u> vor ihm aufzublicken, vermag es aber nicht.)* (エルザは国王の方に<u>敢えて</u>眼差しを上げようとするが、できない。)
Ein Teil des Chores (im Hintergrunde) / STIMMEN **合唱の一部** (奥で)	Macht Platz, macht Platz dem Helden von Brabant! *(Großes Gedränge im Hintergrunde.)* *(Lohengrin, ganz so gewaffnet wie im ersten Akte, tritt auf und schreitet feierlich und ernst in den Vordergrund.)* 道を開けろ、ブラバントの英雄のために道を開けろ！ (奥の方で、大きなざわめき) (ローエングリンが、第1幕のときとまったく同じなりで登場し、真剣かつ厳粛に前景に出てくる。)

Ganzer Chor / ALLE MÄNNER. 合唱全体/ 男たち全員	Heil! Heil dem Helden von Brabant! Heil! Heil! ばんざい、ばんざい、ブラバントの英雄、ばんざい、ばんざい！

(Der König hat seinen Platz unter der Eiche wieder eingenommen.)
(国王は樫の樹の下の以前の場に戻っている。)

DER KÖNIG 国王	Heil deinem Kommen, teurer Held! Die du so treulich riefst in's Feld, die harren dein in Streites Lust, von dir geführt, des Sieg's bewußt. 親愛なる勇士よ、よくぞ、来られた！ あなたが誠をもって出陣を呼びかけられた、 その兵士たちが闘志にはやってあなたを待ちうけております。 あなたの指揮のもと、勝利を意識して。
ALLE MÄNNER 男たち全員	Wir harren dein in Streites Lust, von dir geführt, des Sieg's bewußt. 我らは闘志にはやってあなたを待ちうけています。 あなたの指揮のもと、勝利を意識して。
LOHENGRIN ローエン グリン	Mein Herr und König, laß dir melden: die ich berief, die kühnen Helden, zum Streit sie führen darf ich nicht! *(Alle drücken die höchste Betroffenheit aus.)* 我が主君である国王よ、お聞きください、 私が召集した、勇敢な兵士たちを率いて、 戦に向かうことはできないのです！ （全員が最高の当惑を見せる。）
DER KÖNIG und ALLE MÄNNER, DIE FRAUEN 国王、男たち全員、女たち	Hilf Gott! Welch' hartes Wort er spricht! 神よ、何と過酷なことばを彼はおっしゃるのか！
LOHENGRIN ローエン グリン	Als Streitgenoß bin nicht ich hergekommen; — als Kläger sei ich jetzt von euch vernommen:— 私がここへ来たのは、戦闘の同志としてではなく、 告発者として、訴えをあなた方に聴いていただきたいためである。

(Er enthüllt Friedrichs Leiche, von deren Anblick sich alle mit Abscheu abwenden.)
(feierlich vor der Leiche.)
（彼がフリードリヒの死骸の覆いをとると、皆は嫌悪の念に顔をそむける。）
　　　（亡き骸を前にして、厳粛に）

> Zum ersten klage laut ich vor euch allen,
> und frag' um Spruch nach Recht und Fug:
> da dieser Mann zur Nacht mich überfallen,
> sagt, ob ich ihn mit Recht erschlug?

> まず初めに、声を大にして諸子に訴えよう、
> そして、正当さについての判断を尋ねる。
> この男は深夜に私の不意を襲ったのであり、
> 私が彼を打殺したのは正しかったか否かを？

DER KÖNIG und ALLE MÄNNER
国王と男たち全員

> *(die Hand feierlich nach der Leiche ausstreckend.)*
> Wie deine Hand ihn schlug auf Erden,
> soll dort ihm Gottes Strafe werden!

> （手を厳かに死骸の方に差し伸べて）
> あなたの手が地上で彼を打ったように、
> 天上では神の罰が彼に下るべきだ！

LOHENGRIN
ローエングリン

> Zum ander'n aber sollt ihr Klage hören,
> denn aller Welt nun klag' ich laut:
> daß zum Verrat an mir sich ließ betören
> das Weib, das Gott mir angetraut!

> 次にまた、訴えを聞いて頂こう、
> それは、声を大にして皆さんに訴えることである。
> 誘惑に乗って、私への裏切りを行ったのが、
> 神が私にめ合せた、この女だった！

DER KÖNIG
国王

> Elsa! Wie konntest du dich so vergeh'n!

> エルザ、どうしてそのような過ちを犯したのか？

DIE MÄNNER
男たち

> *(heftig erschrocken und betrübt).*
> Elsa! Wie mochte das gescheh'n?
> Wie konntest so du dich vergeh'n?

> （愕然とし、悄然となる）
> エルザ姫！ どうして、そんなことが起きえたのか？
> どうして、あなたがそのような過ちを？

DIE FRAUEN
女たち

> *(mit klagenden Gebärden auf Elsa blickend).*
> Wehe dir! Elsa!

> （非難の身振りでエルザを見ながら）
> 災いなるかな！ エルザ姫！

LOHENGRIN ローエン グリン	*(immer streng.)* Ihr hörtet alle, wie sie mir versprochen, daß nie sie woll' erfragen, wer ich bin? Nun hat sie ihren teu'ren Schwur gebrochen, treulosem Rat gab sie ihr Herz dahin! （厳しさを変えず） 私が誰であるかを、決して尋ねる気持ちはない、と エルザが私に約束したことは、皆が耳にしているであろう。 ところが、彼女はその大切な誓いを破ってしまった、 不実な差し出口に彼女の心は乗ってしまったのだ！ *(Alle drücken die heftigste Erschütterung aus.)* Zu lohnen ihres Zweifels wildem Fragen sei nun die Antwort länger nicht gespart; des Feindes Drängen durft' ich sie versagen, — nun muß ich künden wie mein Nam' und Art. （誰もが、激しい衝撃を面に出す。） 彼女の疑念の乱暴な問いに対して、 いまや答えを控えておくことはできない。 敵の催促ならば拒むことが許されたが、 今は、私の名と素姓を明らかにせねばならない。 *(mit immer steigender Verklärung seiner Mienen.)* Jetzt merket wohl, ob ich den Tag muß scheuen! Vor aller Welt, vor König und vor Reich enthülle mein Geheimnis ich in Treuen! *(sich hoch aufrichtend.)* So hört, ob ich an Adel euch nicht gleich! （その面持ちにますます神々しさを加えつつ） 私が白日を恐れねばならぬ身かどうか、よく解って頂きたい！ 世の中すべて、王と国全体にたいして、 私は私の秘密を誠実に打ち明けよう！ （すっくと立って） では聞いてもらおう、貴さにおいて私が御身らに等しくないかを！
DER KÖNIG 国王	Was muß ich nun erfahren? O, — könnt' er die Kunde sich ersparen! 何をいまや聞き知らされるのか？ああ、告知を控えられるといいが！
CHOR DER MÄNNER 男たち	Welch' Unerhörtes muß ich nun erfahren? O könnt' er die (erzwung'ne) Kunde (sich) ersparen! 途方もない何かをいまや聞き知らされるのか？ ああ、（強いられた）告知は控えられるといいが！

LOHENGRIN ローエングリン	Gralserzählung In fernem Land, unnahbar euren Schritten, liegt eine Burg, die Monsalvat genannt; ein lichter Tempel stehet dort inmitten, so kostbar als auf Erden nichts bekannt; drin ein Gefäß von wundertät'gem Segen wird dort als höchstes Heiligtum bewacht: es ward, daß sein der Menschen reinste pflegen, herab von einer Engelschar gebracht; 《聖盃の物語》 はるか遠くの国、あなた方の足の近づけぬ辺りに、 ひとつの城があり、モンサルヴァートと呼ばれる。 そのただ中に光明にみちた神殿が立ち、それは この地上に類を見ぬほどに貴いものである。 その域内には、奇蹟を行う器があり、 至高の聖なる遺物として護られている。 器は、最も清らかな人々の奉仕を受けるため、 天使の群れによって地上に齎された。 alljährlich naht vom Himmel eine Taube, um neu zu stärken seine Wunderkraft: es heißt der Gral, und selig reinster Glaube erteilt durch ihn sich seiner Ritterschaft. Wer nun dem Gral zu dienen ist erkoren, den rüstet er mit überirdischer Macht; an dem ist jedes Bösen Trug verloren, wenn ihn er sieht, weicht dem des Todes Nacht. 年毎に、天上から一羽の鳩が舞い下りて、 器の奇蹟の力をあらたに強める。 その名をグラールと言う盃によって、至福にも こよなく清純な信仰がその騎士団に伝えられる。 このグラールに仕える騎士に選ばれた者には 天上の力によって武装が施される。 この騎士にはいかなる悪の計略も勝てず、彼が いちど眼差しを注げば、死の闇も彼を避ける。

> Selbst wer von ihm in ferne Land' entsendet,
> zum Streiter für der Tugend Recht ernannt,
> dem wird nicht seine heil'ge Kraft entwendet,
> bleibt als sein Ritter dort er unerkannt;
> so hehrer Art doch ist des Grales Segen,
> enthüllt muß er des Laien Auge flieh'n: —
> des Ritters drum sollt Zweifel ihr nicht hegen,
> erkennt ihr ihn, dann muß er von euch zieh'n. —

グラールによって遠方の国々に遣わされ、
信仰の徳の戦士に任じられた騎士も、
その地で聖盃の騎士たる素姓が知られていない限りは、
その聖なる能力が奪い去られることはない。
聖盃の祝福はこれほど貴いものであるが、その
正体が暴露されたとき、騎士は俗人の眼差しから逃れねばならない。
それ故、諸子は騎士に疑いを抱いてはならないのだ。
あなた方に悟られれば、騎士は去ってゆかねばならない。—

> Nun hört, wie ich verbot'ner Frage lohne!
> Vom Gral ward ich zu euch daher gesandt:
> mein Vater Parzival trägt seine Krone, —
> sein Ritter ich – bin Lohengrin genannt.

さて、禁じられていた問いに私が報いるのを聞きたまえ！
私はグラールによって諸子のもとに遣わされた身で、
わが父パルツィヴァール*42は聖盃騎士団の王冠を戴く、
その騎士である私はローエングリンと呼ばれる。

DER KÖNIG und DIE MÄNNER und FRAUEN
国王, 男たち, 女たち

(alle in größter Rührung)

（皆、最高の感激に浸りつつ）

(voll Staunen's und in höchster Rührung auf ihn hinblickend.)
> Hör' ich so seine höchste Art bewähren,
> entbrennt mein Aug' in (heil'gen) Wonnezähren!

（驚きと最高の感激をもってローエングリンを仰ぎ見つつ。）
あの方のこよなく高貴な素姓が証されるのを聞き、
我が眼は（神聖な）歓喜の涙に熱く溢れる！*43

DIE FRAUEN
女たち

(alle in größter Rührung)

（誰もが最高の感激にひたりつつ）

＊訳注42：この名はワーグナーの最後の舞台神聖祝典劇ではパルジファルと改められるが、彼がローエングリンの父であることに変わりはない。
＊訳注43：国王を加えた、この合唱はわずか10小節の短いものであるが、各パートのテクストは言葉を微妙に取り換え、相違していて、実に細かいリズムの織物を繰り広げる。それぞれのヴァリアントを以下に示す：

Sopran ソプラノ	Hör'ich so seine höchste Art bewähren, entbrennt mein Aug' in Wonnezähren!

あの方のこよなく高い素姓が証されるのを聞き、
我が眼は歓喜の涙に熱く溢れる！

Alt アルト	Hör' ich die Kunde, entbrennt mein Aug' in Wonnezähren!

その知らせを聞き、
我が眼は歓喜の涙に熱く溢れる！

MÄNNER 男たち	Hör' ich so ihn seine Art bewähren, / Hör'ich so seine Art, entbrennt mein Aug'/ Auge / mir das Auge in (heil'gen) Wonnezähren!

あの方がその素姓を証されるのを聞き
我が眼は（神聖な）歓喜の涙に熱く溢れる！

ELSA エルザ	*(wie vernichtet.)* 　　Mir schwankt der Boden! Welche Nacht! 　　O Luft, Luft der Unglücksel'gen! *(Sie droht umzusinken; Lohengrin faßt sie in seine Arme. —)*

（打ちのめされて）
　　　地面が揺れる！　何という闇かしら！
　　　ああ、息が止まる、惨めな私の息が！
（ふらふらと倒れ掛かって、ローエングリンの腕に抱き止められる。—）

LOHENGRIN ローエン グリン	*(in schmerzlichster Ergriffenheit.)* O Elsa! Was hast du mir angetan? Als meine Augen dich zuerst ersah'n, zu dir fühlt' ich in Liebe mich entbrannt, und schnell hatt' ich ein neues Glück erkannt;

（悲痛極まりない激情を吐露して）
ああ、エルザ！　何ということをしてくれたのだ？
私の眼が初めておまえを見とめたとき、
おまえへの愛に火がついたことを感じた。
そして、新しい幸せを素早く認識した。

die hehre Macht, die Wunder meiner Art,
die Kraft, die mein Geheimnis mir bewahrt,
wollt' ich dem Dienst des reinsten Herzens weih'n; —
was rissest du nun mein Geheimnis ein?
Jetzt muß ich ach! von dir geschieden sein!

高貴な威力、私の素姓の引き起こす驚異、
私の秘密が保証してくれる力、それらを私はおまえの
こよなく清純なこころのために奉仕させようと思った。—
その私の秘密に、何ゆえ、おまえは裂け目を入れた？
ああ、今はおまえから別れるしかないのだ！

DER KÖNIG, DIE FRAUEN und DIE MÄNNER 国王、女たち、男たち	Weh'! Weh'! Weh'! とんだことだ！ 悲しい！
ELSA エルザ	*(in höchster / heftiger Verzweiflung aufschreckend / ausbrechend.)* Mein Gatte! Nein! ich laß' dich nicht von hinnen! Als Zeuge meiner Buße bleibe hier, als Zeuge meiner Buße bleibe hier! （激しい絶望に跳びあがらんばかりに） 我が夫よ、いけません！ ここから行かせません！ 私の償いの証人としてここに残ってください！ 私の償いの証人としてここに残ってください！
LOHENGRIN ローエン グリン	Ich muß, ich muß! mein süßes Weib! 私は行かねばならない、愛しい妻よ！
DIE FRAUEN und DIE MÄNNER 女たちと 男たち	Weh'! Weh', (nun muß er von dir zieh'n!)*44 悲しい！ 悲しい！ （いまやあの方はあなたから去らねばならない！）
ELSA エルザ	Nicht darfst du meiner bitter'n Reu' entrinnen, daß du mich strafest / züchtigst, liege ich vor dir! daß du mich strafest / züchtigst, liege ich vor dir! 私の苦い後悔から逃れて行ってはいけません、 あなたに罰してもらうために、私はあなたの前に横になります！ あなたに罰してもらうために、私はあなたの前に横になります！
LOHENGRIN ローエン グリン	Ich muß, ich muß! mein süßes Weib! 私は行かねばならない、愛しい妻よ！
DIE MÄNNER und DIE FRAUEN 男たちと 女たち	Weh'! Wehe! Mußt du von uns zieh'n, du hehrer, gottgesandter Mann! 悲しい！ 悲しい！ あなたは我々から去らねばならないのか、 気高い、神から遣わされたお方よ！
DER KÖNIG 国王	Weh! ach, mußt du von uns zieh'n, du hehrer, gottgesandter Mann! 悲しい！ ああ、あなたは我々から去らねばならないのか、 気高い、神から遣わされた方よ！

＊訳注44：括弧内は女声のみ。

| ELSA
エルザ | Bist du so göttlich als ich dich erkannt,
sei Gottes Gnade nicht aus dir verbannt! |

あなたが私の認めたとおりの神の人であるなら、
神の恩寵があなたから消えることはありませんように！

| DIE FRAUEN
女たち | Weh! Du hehrer, gottgesandter Mann! |

悲しい！　気高い、神から遣わされた方よ！

| LOHENGRIN
ローエン
グリン | Schon zürnt der Gral, daß ich ihm ferne bleib'! |

私が遠くにいることに、既にグラールは怒っている！

| DER KÖNIG
und DIE
MÄNNER
国王と男たち | Wehe! Soll uns des Himmels Segen flieh'n,
wo fänden dein' wir Tröstung dann? |

悲しい！　天の祝福が我々から去るというのなら、
我らはどこにあなたの慰めを探したらよいのか？

| ELSA
エルザ | Büßt' sie in Jammer ihre schwere Schuld,
nicht flieh' die Ärmste deiner Nähe Huld! |

こよなく憐れな女が重い罪を贖っているのなら、
あなたが近くにいてくださる慈しみを遠ざけないで！

| DIE FRAUEN
女たち | Weh! Ach, wo fänden Trost wir dann?
Weh'uns! Weh'uns! Wo fänden dein' wir Tröstung dann? |

悲しい！　ああ、私たちはどこに慰めを見つけるの？
私たちは悲しい！　ああ、私たちはどこにあなたの慰めを？

| LOHENGRIN
ローエン
グリン | Ich muß! Ich muß! Nur eine Strafe gibt's für dein Vergeh'n! |

私は行かねばならぬ！　お前の過ちへの罰はただ一つ！

| ELSA
エルザ | Verstoß' mich nicht, wie groß auch mein Verbrechen!
Verlaß', ach, verlaß' mich mich Ärmste nicht! |

どんなに罪が大きかろうと、私をつき放さないで！
捨てないで、ああ、こよなく惨めな私を捨てないで！

| LOHENGRIN
ローエン
グリン | Ach! mich,— wie dich trifft ihre herbe Pein!
Mich, wie dich trifft ihre herbe Pein! |

ああ、私をも、罰の厳しい苦痛はお前と同様に痛める！
私をも、罰の厳しい苦痛はお前と同様に痛めるのだ！

ELSA エルザ	Verlaß'mich nicht! Verlaß'mich nicht! Ach, verlaß', verlaß'die Arme nicht!	

私を捨てないで！ 私を捨てないで！
ああ、惨めな私を捨てないで、捨てないで！

LOHENGRIN ローエン グリン	Getrennt, geschieden sollen wir uns seh'n: dies muß die Strafe, dies die Sühne / Buße sein! *(Elsa sinkt mit einem Schrei zurück / zu Boden.)*

我々は別れなければならないのだ。
これこそ、罰であり、償いでなければならない！

（エルザは一声叫んで地面に倒れる。）

DER KÖNIG und ALLE MÄNNER 国王と 男たち全員	*(ungestüm Lohengrin umdrängend / umringend.)* 　　O bleib'! O bleib', und zieh' uns nicht von dannen! 　　Des Führers harren deine Mannen!	

（勢い激しくローエングリンを取り囲んで）
　　ああ、留まってください！ 我々から去ってゆかないで！
　　指揮官をあなたの兵士たちが待っております！

LOHENGRIN ローエン グリン	O König, hör'! Ich darf dich nicht geleiten! Des Grales Ritter, habt ihr ihn erkannt,— wollt' er in Ungehorsam mit euch streiten,— ihm wäre alle / jede Manneskraft entwandt!— Doch, großer König! laß mich dir weissagen:— Dir Reinem ist ein großer Sieg verlieh'n! Nach Deutschland sollen noch in fernsten Tagen des Ostens Horden siegreich nimmer / niemals zieh'n!

おお、国王よ、あなたにお供することは許されません！
グラールの騎士は、あなた方にその正体を知られると、
たとえ、聖盃に反抗してあなた方とともに闘おうとしても、
その力のすべては抜き去られてしまいます！—
だが、偉大なる国王よ、私に予言させてください。
けがれのないあなたには、大勝利が与えられます！
ドイツ国に向かっては、はるかな未来に至るまで
東方の軍勢が侵攻しても勝ちを収めることはありません！

(Lebhafte Erregung.) (Vom Hintergrunde her verbreitet sich der Ruf.)

（激しい興奮）（背景から叫び声が拡がる。）

EIN TEIL der MÄNNER 男たちの一部	*(im Hinterrunde)* 　　　Der Schwan!	

　　　（背景で）
　　　　　あの白鳥だ！

DIE MÄNNER 男たち	*(im Vordergrunde, nach hinten gewandt.)* 　　　Der Schwan! Seht dort ihn wieder nah'n! 　　　Er naht, der Schwan!	

　　　（前景で、背景の方を見やって）
　　　　　あの白鳥だ！　見ろ、また近づいてくるぞ！
　　　　　近づいてくるぞ、あの白鳥だ！

DIE FRAUEN 女たち	*(im nächsten Vordergrunde um Elsa.)* 　　　Der Schwan! Der Schwan! Weh', er naht!	

　　　（前景のいちばん前にいて）
　　　　　あの白鳥だわ！　ああ、あの白鳥が近づいてくる！

(Hier kommt der Schwan die vordere Flußbiegung herum: er zieht den leeren Nachen.)
(Man sieht auf dem Flusse den Schwan mit dem Nachen, auf dieselbe Weise wie bei Lohengrin's erstem Erscheinen, anlangen.)

（この[音楽の]ところで、白鳥は前方の川の屈曲点を回る。からの川舟を曳いている。）
（ローエングリンが最初に現れた時と同じように、白鳥が川舟を曳いてやって来るのが見える。）

(Elsa, aus ihrer Betäubung erweckt, erhebt sich, auf den Sitz gestützt, und blickt nach dem Ufer.)

（気絶から目覚めたエルザは立ちあがり、椅子に身を託して岸辺の方を見やる。）

ELSA エルザ	Entsetzlich! Ha! der Schwan! *(Sie verbleibt lange Zeit wie erstarrt in ihrer Stellung.)*

恐ろしい！　ああ、あの白鳥だわ！
（長いあいだ、硬直したように同じ姿勢を続ける。）

LOHENGRIN ローエングリン	*(erschüttert).* Schon sendet nach dem Säumigen der Gral!

（衝撃を受けて）
ぐずぐずしていた私に早くも聖盃が迎えをよこした！

(Unter der gespanntesten Erwartung der Übrigen tritt Lohengrin dem Ufer näher und neigt sich zu dem Schwan, ihn wehmüthig betrachtend.)

（残りの者みなが固唾をのんで待つなか、ローエングリンは川岸に歩み寄り、白鳥の方に体をかがめ、悲しげに見やる。）

LOHENGRIN
ローエン
グリン

Mein lieber Schwan!
Ach, diese letzte, traur'ge Fahrt,
wie gern hätt' ich sie dir erspart!
In einem Jahr, wenn deine Zeit
im Dienst zu Ende sollte geh'n, —
dann, durch des Grales Macht befreit,
wollt' ich dich anders wiederseh'n!

白鳥よ、ああ、この最後の悲しい旅を
私はどれほどお前から
免じてやりたかったことか！
一年の年季が過ぎて、おまえの
奉仕の時が終わるはずのとき、—
聖盃の力によって解放された、
お前の別の姿を見たかった！

(Er wendet sich im Ausbruch heftigen Schmerzes in den Vordergrund zu Elsa zurück.)

（激しい悲哀の念に動かされるまま、前景のエルザの方に振り向く。）

O Elsa! Nur ein Jahr an deiner Seite
hätt' ich als Zeuge deines Glück's ersehnt! —
Dann kehrte, selig in des Grals Geleite,
dein Bruder wieder, den du tot gewähnt.

エルザよ、ただの一年だが、お前の傍で、
お前の幸せの証人でいてやりたかった！—
そのあと、幸せに聖盃に導かれて、
死んだと思っていた弟が帰って来る筈だった。

(Alle drücken ihre lebhafte Überraschung aus.)

（誰もが不意打ちにあった、という気持ちをはっきりと見せる。）

LOHENGRIN
ローエン
グリン

(während er sein Horn, sein Schwert und seinen Ring Elsa überreicht.)
Kommt er dann heim, wenn ich ihm fern im Leben, —
dies Horn, dies Schwert, den Ring sollst du ihm geben: —
dies Horn soll in Gefahr ihm Hilfe schenken, —
in wildem Kampf dies Schwert ihm Sieg verleiht; —
doch bei dem Ringe soll er mein gedenken,
der einst auch dich aus Schmach und Not befreit, —
ja, bei dem Ringe soll er mein gedenken,
der einst auch dich aus Schamach und Not befreit!
(während er Elsa, die keines Ausdrucks mächtig ist, wiederholt küßt.)

（自分の角笛、剣、指環をエルザに手渡しながら）
　　彼が帰ってきたとき、私は遠くにいるはずだが、—
　　この角笛、この剣と指環を彼に与えてほしい。—
　　角笛は危難のときに彼に救いをもたらし、
　　激しい戦いで、剣は彼に勝利を授ける。—
　　だが、指環は彼が私を偲ぶよすがとなる。
　　かつて、恥辱と危難からお前をも救いだした私をだ。—
　　そうだ、彼は指環をよすがに私を偲んでほしい、
　　かつて、恥辱と危難からお前をも救いだした私を！
（その間、表情もこわばったままのエルザに幾度も接吻しながら）

Leb' wohl! Leb' wohl! Leb' wohl! mein süßes Weib!
Leb' wohl! Mir zürnt der Gral, wenn ich noch bleib'!
Leb' wohl! Leb' wohl!
(Er eilt schnell dem Ufer zu.)

　　さようなら！　達者に暮らせ！　我がいとしの妻よ！
　　達者に暮らせ！　ここに留まっていては聖盃に怒られる！
　　さようなら！　達者に暮らせ！
（すばやく岸辺へ急ぐ。）

(Elsa hat sich krampfhaft an ihm fest gehalten; endlich verläßt sie die Kraft, sie sinkt ihren Frauen in die Arme, denen sie Lohengrin übergiebt, wonach dieser schnell dem Ufer zueilt.)

（エルザはこちこちになってローエングリンにしがみついていたが、とうとう力が抜け、ローエングリンが彼女を委ねた女たちの腕に抱きとられる。そのあと、彼は素早く岸辺へと急ぐ。）

KÖNIG, MÄNNER und FRAUEN
国王、
男たちと
女たち

(die Hände nach Lohengrin ausstreckend.)
Weh'! Weh'! du edler, holder Mann!
Welch' herbe/harte Not tust du uns an!

（両手をローエングリンの方へ差しのべながら）
　　悲しい！　悲しい！　慈愛あふれる、高貴なお方！
　　何という苛烈な苦しみを我々に与えるのですか！

	(Ortrud tritt im Vordergrunde rechts auf und stellt sich mit wild jubelnder Gebärde vor Elsa hin tretend.)
	（オルトルートが前景の右手に登場して、荒々しい歓呼の身振りでエルザの前に立つ。）
	＊45
ORTRUD オルトルート	Fahr' heim! Fahr' heim, du stolzer Helde! Daß jubelnd ich der Törin melde, wer dich gezogen in dem Kahn; — am Kettlein, das ich um ihn wandt', ersah ich wohl, wer dieser Schwan: es ist / das war der Erbe von Brabant!
	帰って往け、帰って往け、誇り高い勇士よ！ 歓呼して、このバカ女に教えてやろう、 誰が小舟のお前を曳いていたか、を！— 私が白鳥の首に結んだ鎖で解った、 この白鳥が誰であるか、見てとれたのよ！ これこそはブラバントの世継ぎの君なのよ！
ALLE 全員	Ha!
	おお！
ORTRUD オルトルート	*(zu Elsa.)* Dank, daß den Ritter du vertrieben! Nun gibt der Schwan ihm Heimgeleit! Der Held, wär' länger er geblieben, den Bruder hätt' er auch befreit!
	（エルザに） お前に騎士を追っ払ってもらって有難いわ！ これから、白鳥が彼を古巣へ連れ帰るの！ あの勇士は、もっと、ここに残っていたら、 弟も解放していたでしょうね！
DIE MÄNNER 男たち	*(in äußerster Entrüstung.)* Abscheulich Weib! Ha, welch' Verbrechen hast du in frechem Hohn bekannt!
	（憤慨のきわみに達して） 忌まわしい女だ！ ああ、何という犯行を お前は不遜な嘲りのなかで自供したのか！
DIE FRAUEN 女たち	Abscheulich Weib!
	忌まわしい女！

＊訳注45：オルトルートのこの喜びようは早まったものだった。

ORTRUD オルトルート	Erfahrt, wie sich die Götter rächen, von deren Huld ihr euch gewandt! *(Sie bleibt in wilder Verzweiflung / Verzückung hochaufgerichtet stehen.)* 学ぶがいい、神々の恩寵に背をむけた、 お前たちにどのような復讐の罰が下されるかを！ （荒々しい絶望／恍惚境に浸って、立ちつくしている。）
	(Lohengrin, bereits am Ufer angelangt, hat Ortrud genau vernommen und sinkt jetzt zu einem stummen Gebet feierlich auf die Knie: Aller Blicke richten sich mit gespannter Erwartung auf ihn. —Die weiße Grals-Taube schwebt über den Nachen herab; Lohengrin erblickt sie: mit einem dankenden Blicke springt er auf und löst dem Schwan die Kette, worauf dieser sogleich untertaucht; an seiner Stelle hebt Lohengrin einen schönen Knaben in glänzendem Silbergewande — Gottfried — aus dem Fluß an das Ufer.) （すでに岸辺に達していて、オルトルートの言葉を細大漏らさず聴きとっていたローエングリンは、ここで膝をついて厳かに無言の祈りを捧げる。固唾をのんで、皆が彼に眼差しを注いでいる。— 聖盃の使いである白鳩が川舟のうえに舞い下りる。ローエングリンはそれを認めると感謝の眼差しで立ちあがり、白鳥の首の鎖をほどく。すぐさま、白鳥が水に潜ると、その代わりに輝かしい銀の甲冑をつけた美少年—ゴットフリート—をローエングリンは川から岸辺に引き上げる。）
	(Lohengrin, schon bereit in den Nachen zu steigen, hat, Ortrud's Stimme vernehmend, eingehalten, und ihr vom Ufer aus aufmerksam zugehört. Jetzt senkt er sich, dicht am Strande, zu einem stummen Gebete feierlich auf die Kniee. Plötzlich erblickt er eine weiße Taube sich über dem Nachen senken: mit lebhafter Freude springt er auf, und lös't dem Schwane die Kette, worauf dieser sogleich untertaucht: an seiner Stelle erscheint ein Jüngling — Gottfried —) （すでに川舟に乗り移ろうとしていたローエングリンはオルトルートの声を聞いて、それをやめ、岸辺から彼女の語りに耳を傾けた。そして、水際近くで、跪いて厳かに無言の祈りを捧げる。突然、一羽の白鳩が川舟のうえに舞い下りてくるのを認めたローエングリンは喜びをあらわして立ちあがり、白鳥の鎖をはずす。白鳥はすぐさま水に潜り、それに代わって一人の少年、ゴットフリートが出現。）
LOHENGRIN ローエン グリン	Seht da den Herzog von Brabant! — Zum Führer sei er euch ernannt! これこそはブラバント公爵である！ 各々方の指揮官に彼を任じよう！
	(Ortrud sinkt bei Gottfrieds Anblick mit einem Schrei zusammen.—Lohengrin springt schnell in den Kahn, den die Taube an der Kette gefaßt hat und sogleich fortzieht. – Elsa blickt mit letzter freudiger Verklärung auf Gottfried, welcher nach vor schreitet und sich vor dem König verneigt: Alle betrachten ihn in seligem Erstaunen, die Brabanter senken sich huldigend vor ihm auf die Knie.—Gottfried eilt in Elsas Arme; diese nach einer kurzen freudigen Entrückung, wendet hastig den Blick nach dem Ufer, wo sie Lohengrin nicht mehr erblickt.) （オルトルートはゴットフリートを眼にすると、一声叫んで倒れる。 — ローエングリンがすばやく川舟に飛び乗ると、鳩がその鎖をくわえて、さっさと曳いて去って往く。— エルザはいまわの際のよろこばしいほほ笑みを浮かべてゴットフリートを眺める。彼は前方に歩み出て、国王の前で一礼する。誰もが、幸福な喜びに包まれて彼を見ている。ブラバントの者たちは跪いて彼に臣従の礼をとる。 — ゴットフリートは急いでエルザの腕に身を投げる。つかの間の喜びに恍惚となったあと、エルザは慌てて眼差しを岸辺に向けるが、もはやそこにローエングリンの姿を認めることはなかった。）

(Er springt schnell in den Nachen, welchen die Taube an der Kette faßt und sogleich fortführt. — Ortrud ist beim Anblicke der Entzauberung Gottfried's mit einem Schrei zusammengesunken. — Elsa blickt mit letzter freudiger Verklärung auf Gottfried, welcher nach vorn geschritten ist und sich vor dem Könige verneigt. Alle brabantischen Edlen senken sich vor ihm auf die Kniee. — Dann wendet Elsa ihren Blick wieder nach dem Flusse.)

(ローエングリンが素早く川舟にとびのると、鳩は鎖を咥えて、すぐさま曳いて去る。— オルトルートはゴットフリートの魔法が解かれるのを眼にし、一声叫んで倒れ伏す。— エルザはいまわの際のよろこばしいほほ笑みを浮かべてゴットフリートを見ている。彼は前方へ歩み出て、国王の前で一礼する。ブラバントの貴族はゴットフリートの前に跪く。— そこで、エルザは再び視線を川へ向ける。)

ELSA
エルザ

Mein Gatte! Mein Gatte!

我が夫！ 我が夫よ！

(In der Ferne wird Lohengrin wieder sichtbar. Er steht mit gesenktem Haupte, traurig auf seinen Schild gelehnt, im Nachen; bei diesem Anblick bricht alles in einen lauten Wehruf aus.)

(遠くにローエングリンが再び姿を見せる。首をうなだれ、楯に身を凭せ掛けて悲しげに立つ、その姿を眼にして、誰もが大きな悲嘆の叫びをあげる。)

(Sie erblickt Lohengrin bereits in der Ferne, von der Taube im Nachen gezogen. Alles bricht bei diesem Anblicke in einen jähen Wehruf aus. Elsa gleitet in Gottfried's Armen entseelt langsam zu Boden. —)

(エルザは既に遠くに達しているローエングリンが鳩の曳く川舟に立っているのを眼にする。その姿に皆が激しい悲嘆の叫びをあげる。エルザはゴットフリートの腕に抱かれてゆっくりと地面に倒れ、息を引き取る。—)

ELSA
エルザ

Ach!
　　(Sie sinkt entseelt in Gottfrieds Armen zu Boden.)

ああ！
　　(彼女はゴットフリートの腕に抱かれて息絶え、地面に倒れる。)

DER KÖNIG und der ganze Chor
国王、合唱全員

Weh'!

悲しい！

(Während Lohengrin immer ferner gesehen wird, sinkt langsam der Vorhang.)

(ローエングリンの姿がますます遠ざかって見えるうち、ゆっくりと幕が下りる。)

Der Vorhang fällt.　幕が下りる

訳者あとがき

　音楽之友社の、「オペラ対訳ライブラリー」に収められたワーグナーの作品も、この《ローエングリン》で8作目（6冊）となったが、今回の翻訳のベースにしたドイツ語テクストのかたちについて述べておきたい。ワーグナーは歌劇の作曲に先立ってそのリブレットを自ら書き下ろした。これを彼は劇詩Dichtungと名付け、独自の文学作品として扱った。ワーグナーはさまざまな才能を併せ持ったマルティタレントだと称されるが、劇詩人は一般の台本作者とは異なり、作曲家と同じように彼の内に棲み、同格の存在を主張したのである。

　このようにして成立した劇詩が、当然ながら作曲の過程では浮かんだ楽想の流れに沿ってさまざまに変化させられ、語句の入れ替えや追加、省略なども行われて、やがて楽譜に固定される。この、いわば音符にぶら下がったかたちの詩句を逐次的に取り出して並べたものが対訳のベースとなる、と言ってしまえば簡単だが、例えばワーグナーの初期の歌劇作品では、まだ従来の歌劇の諸形式が枠組みになっていて、別々の歌詞が異なった歌い手たちによって同時に歌われる重唱や合唱など、いわゆるアンサンブルが多用されている。そのような歌詞の複線的な進行を時系列的に書き表すことは不可能なので、テクストの脇に縦線などを引いて、その部分がアンサンブルであることを示す慣習が従来からあり、本訳書でも踏襲した。なお、作曲によって楽譜に固定されるはずの歌詞には、ワーグナーにあっても版によっていくらか異同があり、本訳書ではバイロイト祝祭で作業楽譜に採用されているペータース版のヴォーカルスコアーの字句を用いることにしたが、必要に応じて他の版も引用している。

　ワーグナーは《ローエングリン》のあと、前から抱いていた歌劇改革の志を推し進め、チューリヒ亡命時代の一連の理論的著作、ことに主著『オペラとドラマ』で、アンサンブルを廃し、対話形式を土台にして劇を進行させる、いわゆる楽劇の形式を標榜したが、その理想が具体化されたはずの《ニーベルングの指環》でも、重唱や合唱が完全に追放されたわけではなく、ことに《神々の黄昏》はその原型である《ジークフリートの死》が上述の理論書が書かれるまえにすでに構想

されていたこともあって、合唱が活躍する。《指環》以降に構想された《トリスタン》、《マイスタージンガー》、《パルジファル》でも慣習的な形式は姿を見せており、理論家ワーグナーとその実地との食い違いが露呈しているが、多くの場合、実地の出来栄えが理論の足をすくっている。ましてや《ローエングリン》はそのような理論の構築にいたる過程での実作品であり、ナンバー形式を廃したり、個々の幕を混然一体となったブロックに形成するような進歩がある一方で、過去の慣習的な形式がそのまま残っている箇所もあり、まさに過去と未来にむかって開かれた、過渡的な作品である。

　さて、上述の、音楽ぬきの劇詩だけの公刊のうち、1871年のそれは、彼の編年体の著作全集の中へ、歌劇の台本も論文や随想などと同格で並べていた。その後完成した《パルジファル》をも含めた最後の著作全集は彼の死後の1887年に刊行された。その印刷面での特徴はワーグナーが書きわけている詩行の長短をインデントの長短を使って明示していることで、CDに添付される一般のリブレットで原詩がページの左にベタに寄せられた紙面に慣れている眼には奇異に映るだろうが、本訳書ではオリジナルの形を踏襲した。それは、歌劇の作曲の土台となる台本をれっきとした韻文で書こうとしたワーグナーの意図を尊重したためである。ただ、このような形で彼の劇詩を読んでもゲーテやヘルダーリンなどのドイツ抒情詩の最高傑作とのへだたりはどうしても感じられる。我が国におけるドイツ文学の優れた読み手のひとりであった川村二郎は評論集『チャンドスの城』のなかで次のように語っている。

　「ヴァーグナーの劇は、言葉だけのものとして読むなら、所詮二級品としかいいようがない。全体芸術の理想を夢見たこの猛烈な自信家は、音楽についてはもとより、言語に関しても一級の芸術家としての自負を持っていただろうが、気負った構えばかりが目立つその章句の実体は、おおむね常套的な修辞の連続にすぎない。//しかしそれはそれとして、言葉が音声その他の媒介を通じてはじめて十全な表現となるべきものならば、いいかえれば、言葉がそれだけで完結した世界を作る必要がないならば、それは一面では、平板でも荒削りでもいいということになるが、また一面では、完結した言葉の世界に収まりきらないような、荒々しいもの、混沌としたもの、不条理なものを、いわばむきだしの生な形で提出する可能性を備えている。//ヴァーグナーの言葉が修辞的におおむね平板であるとしても、その言葉の世界におぼろげな輪郭を示す生の様相は、なかなかもって平板、陳套などと裁断し去ることができるものではない」。

　けだし、納得のゆく評価であるだろう。ただ、川村が対象としたテクストは、一般に流布したかたちのリブレットだったろうと思われ、これに対し、劇詩そのものを贈呈されて「好意のある」評価を示したのが、哲学者のショーペンハウアーだった。ワーグナーは《ローエングリン》の次に企画した楽劇4部作《ニーベ

ルングの指環》の草稿を亡命先のチューリヒに持って行ったが、それはたまたま、ショーペンハウアーの主著『意志と表象の世界』が発刊いらい40年の忘却の後、にわかに世人の注目を引くようになった時期だった。それを手にしたワーグナーは、自分の《指環》の思想内容とぴったり重なるものを見出し、さっそく《指環》の劇詩に「尊敬の念から」とだけ書き添えて送った。それに対し、返事はなかったが、表敬訪問を行ったワーグナーの友人のカルル・リッターに「ワーグナーが彼のニーベルンゲンで曖昧模糊とした伝説中の人物たちを我々に人間的に近づけてくれたことに敬意を抱く」と哲学者は語り、そのあと「彼は詩人ではあるが、音楽家ではない」と結んだ。最後は蛇足と言うべきだが、ショーペンハウアーがワーグナーの劇詩から読み取るべきものは読み取っていたことは明らかである。

　さて、ワーグナーの意図どおりに印刷された劇詩のかたちから喚起される印象とは、原詩の詩形論的な形態が際立つことである。その顕著な例に、「婚礼の合唱」や「聖盃の物語」と並んで曲中に独立した存在を形作り、その故に全体の通作を標榜したワーグナーの進歩的な意図とは逆行するが、最もポピュラーになった曲の「エルザの夢」がある。これは強音3個を含む、3脚の詩行を並べて書かれているが、そもそも3脚の短い詩行をワーグナーは意図的に倹約して使っており、《ローエングリン》ではここで初めて現れるのである。そこまで、第1幕では第2場の冒頭まで、ふつうの台詞で、演説や命令や会話はすべて4脚、5脚の詩行で書かれていた。特徴的な3脚の短い詩行で組立てられている「エルザの夢」は、楽曲としてみじんも性急さや短さを感じさせないが、その、同じ3脚の詩行が次に現れるのは、実はローエングリンの禁問の告知の文句なのである。白鳥に曳かれて突然に登場していらい、ごく普通の4脚の詩行で語ってきた彼の台詞が、エルザに対して、彼女から離れて行かないための誓いを要求する、質問禁止の4行になると、音楽的にはむしろ、「エルザの夢」と対照的な表現でありながら、突如、「エルザの夢」と同じ3脚の短い詩行を用いる。この連関を見過ごすこともできようが、そもそも「エルザの夢」は様々な視点からこの歌劇の理念を凝縮して内蔵しており、それに対して質問禁止が呼応する運びこそが作品の中核を形成していて、それが詩形論的にも示されているのではなかろうか。

　「エルザの夢」の詩句に現れた彼女の超越的な聴覚については脚注で触れておいたが、仮に彼女の嘆きをローエングリンが、同じような超越的な聴覚によって聴きとっていたとするなら、そのことを質問禁止を言い渡す際に、特徴的な同じ3脚の詩行を用いることで暗示したのだとも想像できよう。筆者としては二人の間にテレパシー的な関係が成立していたと想像してみたい。ローエングリンの「聖盃の物語」の第2節（作曲されなかったので本書では省略した）に「エルザの夢」の中の字句がいくつかそのまま現れている不思議も、彼がエルザの歌を聴きとっていたとしたら、納得がゆく。

なお、質問禁止の次に3脚詩行が現れるのが、ローエングリンの勝利のあとのエルザの歓喜の歌なのも当然のように思われるが、以下、国王や他の役、群衆も同じ詩行で幕の終わりまで和しており、第2幕以下で、3脚行がどのような箇所に現れるかを調べるのも一興だろう。因みに作曲に際して最初に発想され、つまりは音楽的に作品の核心を表している前奏曲の声楽的再現である「聖盃の物語」はごく普通の5脚のヤンブスで書かれており、これに注目した論考が幾つかあるようだが、内容的には（形式的にも）むしろ「エルザの夢」からの離脱を決定づけるものでしかないことは否めず、あるいは《パルジファル》への繋がりが意味を持つかも知れない。

さて、在来の諸形式をワーグナーがどう取り扱ったかを合唱の例で見ると、あまたある合唱場面のなかで、これまた有名な「婚礼の合唱」は曲自体のできはともかく、全く慣習的・オペラ的な、後ろ向きの発想から生まれている。これと逆に、脚注でも触れた第2幕第3場の合唱では「幾多の武勲を示すだろう」という希望的な結びが曲の流れの中で自ずと「示す」という断定形に変わって行くあたり、集団心理の動きを作曲者として歌詞に反映させた点に新しさが感じられる。その他、国王に対する挨拶などでは、ユニゾンだったり、全くシュプレッヒコール的に扱われている場合が幾つかあり、逆に群衆の個人個人の思いが対位法的に織りなされ、綴られてゆく場合もあり、総じて場の劇的情況を踏まえて細かく差異付けがなされていると言える。人が《ローエングリン》を「合唱オペラ」と呼んでも、その「合唱」が在来的なものを指すのか否か、その発想の基は単一ではありえないのである。

次に重唱は、と言えば、これは「楽劇」では廃されるはずの形式だが、第2幕第1場で、敵役2人の復讐の気持ちが次第に高まって流れ込んだ二重唱では両パートが完全にユニゾンで処理されているのに対し、次の場の終わり近く、エルザの自己陶酔的な慈悲の呼びかけにオルトルートが独白で応じる場面の重唱は在来的な形式の処理の例としては傑作と呼んでも構うまい。因みに詩形のいま一つの要素である押韻もワーグナーは意図的に用いている。常套的な情況での使用とは別に、劇の進行の結果、あらためて意識的な発声がなされる瞬間に投入されたと思えるのは、第1場のオルトルートとのフリードリヒのやり取りである。彼女のおかげで全てを失ったと、自らの苦衷を激しく吐露する箇所にきて、突然、彼の歌詞が押韻し、かつ、短い3脚詩行になる。この例に見られるように、押韻の有無に注意することで歌詞の発声にこめられた意識のレヴェルが解ることも多い。

ところで、ワーグナーが《ローエングリン》の主題に接したのは、初めてのパリ滞在（1839-42）だった。7年にわたった地方劇場での楽長生活を、ドイツ語文化圏の極北とも言えるラトヴィアのリーガで打ち切り、構想中のグランドオペラ《リエンツィ》を当時の世界文化の中心地パリで売り込むべく、乾坤一擲の脱出

行を行ったワーグナーは、《さまよえるオランダ人》さながらに嵐の北海を乗り切ってイギリスに上陸したあと、対岸の北仏の港町ブローニュ・シュル・メールに着く。この町に滞在していたグランドオペラの大家ジャコモ・マイエルベールに会い、彼の知遇を得て、パリに地歩を築こうとしたが、オペラ座の扉はなかなか開かれず、ついに失意と貧困の歳月を送るはめになった。ただ、このパリ時代は表面的には貧しかったが、後の彼の大成のためには有益な期間であり、ハイネ、リストなど、既にパリで活躍中の一流芸術家の知己を得たほか、ワーグナー同様に成功の機会をうかがいながら、恵まれぬ時間を過ごしていた幾人かを友人に獲得した。その中で最も親しかったのがケーニヒスベルク出身の文学者サムエル・レールスで、彼からC. T. L. ルーカスという学者の論文『ヴァルトブルクの歌合戦』を紹介され、そこからワーグナーは《タンホイザー》と《ローエングリン》の筋書きを得た。

故郷ザクセンの首都ドレースデンでの《リエンツィ》の上演が決まって故国に帰ったワーグナーは、その成功により、宮廷指揮者にも任命され、一躍、高い地位を得て、結婚いらい苦労をともにしてきた妻のミンナを喜ばせた。《ローエングリン》については、題材の原典に遡る研究をかさね、この人物が登場する、中世詩人ヴォルフラム・フォン・エシェンバハの『パルツィヴァール』のサン・マルテ訳(1835)、ヨーゼフ・ゲレス編集による『ローエングリン叙事詩』などを劇詩の土台に据え、グリム兄弟の伝説・神話研究と収集にも読みふけった。特に参考になったヤーコプ・グリムの『ドイツ神話学』を繙くと、ローエングリンの素材に関連のある記述に多く出くわす。なお、ハインリヒ一世の事績については、17歳の時に義兄の出版業者ブロックハウスから校正を頼まれたおりに徹底的に読んだ『ベッカーの世界史』から取っている。ただし、歴史的叙述そのものはメルヒェン的な核心を容れるさやでしかなく、例えばブラバント公国が成立したのは11世紀である。

1845年夏、ボヘミアでの休暇で散文草稿が書き上げられ、そこには完成作の中心的なパッセージの表現が既に見られる。劇詩の完成は同年の晩秋で、作曲には翌年夏に取りかかり、作品の中核となる「聖盃の物語」を含んだオーケストラ・スケッチが取られた後、略式の総譜は1847年8月末に、オーケストレイションは翌年4月末に完成した。ただ、ドレースデンでの初演は、二月革命いらい、にわかに社会の改革に強い共感を露わにするようになったワーグナーに宮廷劇場当局の猜疑の眼差が向けられ、舞台装置の発注まで進んでいた話は打ち切りになった。

翌年5月、ドレースデンでも市民革命の火蓋がきられると、ワーグナーは宮廷指揮者の身でこれに参加したが、プロイセン軍の介入で反乱は鎮圧され、首謀者の多くは逮捕された。ワーグナーは運よく脱出できたが、政治犯として指名手配され、ヴァイマル公国の宮廷楽長だった親友リストの計らいでスイスへ亡命した。

チューリヒに落ち着いた彼はリストと連絡をとり、詳細な上演上の注意を書き送っている。翌1850年8月28日のゲーテの誕生日に、《ローエングリン》はリストの指揮により、作曲者ぬきのかたちで、ヴァイマルで初演された。

ところで、《ローエングリン》に「ロマン派歌劇」というジャンル名を添えるべきどうかという問題がある。作品の執筆時には、在来の、このジャンル名が念頭にあり、最初の散文稿から、この副題を与え、1851年当時のヴォーカルスコアーと総譜でもそうだったから、この作品が「ロマン派歌劇」として理解されていたのも当然だった。ただ、ワーグナーはやがて、《ローエングリン》そのものが一つのジャンルをなすのだ、という考えに傾き、1852年と1871年に劇詩の公刊もその形で行われ、死後の1894年のバイロイト上演でも、ジャンル名は省かれた。

彼がジャンル名の添付を認めたのには、一般的状況への妥協もあった。作品自体が「ロマン派・ロマン主義」の伝統の中に位置していたことは疑いない。題材も上演の方法も「ロマン派的」である。筋は伝統的美学ではとりわけロマンティックな時代とされる中世に演じられ、それを決定し、特徴づけているのはメルヒェンと伝説であって、歴史-歴史叙述はいわば借り物に等しい。（ただし、作品成立当時のドイツ各地に盛んだった愛国的な歴史回顧の動きをワーグナーが利用したことは確かである）。中心にあるのは、現世性、地上のレアリティと、非現実的な非地上性との対立、相克という純「ロマン派」的なテーマで、「ロマン主義」への連想は作品の普及を促したが、「ロマン派」という名称自体は定義がまだ曖昧であったから、誤解と、間違った受容へ通じる芽もそこにはひそんでいた。

さて、《ローエングリン》では、前2作で提示されていた、芸術家存在がはらむ問題が繰り返されている。聖盃の騎士ローエングリンは神の分身、いわば「絶対的芸術家」であって、苦難からの救助を求めるエルザの声を聴き取り、その聖域から地上に降り立って、エルザを救おうとする。

1851年、ワーグナーは『友人たちへの告知』で書いた。「ローエングリンは彼を信じる女を、彼が誰であり、どこから来たかを尋ねず、彼をありのまま、彼が現れたとおりの姿で愛してくれる女を探した。自分について説明も、正当化も要らず、彼を無条件に愛してくれる女を。だから彼はそのより高い素姓を隠さねばならなかった。なぜなら、まさにこのより高い—より正しくは、高められた—素姓が発見されず、公にされないことの内に、彼にとって唯一の保証がありえたからである。ただ素姓のせいだけで感嘆され、驚嘆されるのではない、あるいは、理解されていない存在に対して崇拝の念から恭順に服従が行われるのではない保証が。彼には、驚嘆や崇拝が必要なのではなく、彼をその孤立から救済し、彼の憧憬を鎮めてくれ得る唯一のもの、つまり、愛情、愛されること、愛によって理解されることが必要だったからである。最高の思考力、最高の知的な意識をもち

ながら、ローエングリンは全くの、暖かい感受性をもった、暖かく感受される人間全体として、つまり、神すなわち絶対的な芸術家ではなく、人間そのものとしてありたいと望んだのである。こうして、女性そのものを、人間らしい心を憧れ求めた彼は、この女性の、心の救いを求める叫びが下界の人間たちの真っただ中から発せられるのを聞いた時、彼の快いが味気ない孤独の中から下っていった。しかし、彼にはその高い素姓を暴くような光背が拭いがたく付きまとっていたから、彼は驚異の存在として現れる他なかった。大衆の讃嘆、嫉妬から来る憎悪は愛する女の心の奥底までその影を投じずにはおかなかった。彼女の疑念と嫉妬から彼は自分が理解されたのではなく、ただ崇拝されただけだったことの証明を見出し、彼の口からは彼が神であるとの告白が引き出されて、彼は打ちのめされて彼の孤独へと帰っていった」。崇拝ではなく、愛されるために彼が課した質問禁止は、畏怖の心で距離を保った崇拝によっては維持されたかもしれないが、人間的な次元をもった愛によっては守られなかった。それは最初から実現不可能な悲劇的な要求であったのだ。

《ローエングリン》の音楽について語る紙幅は尽きているが、トーマス・マンはローエングリンの「輝かしいイ長調」については繰り返し語っている。調性と幾つかの登場人物の関連も指摘されており、《指環》で全面的に用いられる示導動機・ライトモティーフの概念をこの作品に適用して例も少なくない。《ローエングリン》が「ロマン派歌劇」であるかどうかの議論は終わっていないが、この作品は「ロマン派歌劇」でもありうるし、ワーグナー自身が主張したように、それ自体が独立したひとつのジャンルsui generisであるとも言える。過去と未来をむいた、いわば双面神ヤーヌスのような相貌の、この作品を「ロマン派歌劇」というジャンルのトゥイライト・エクスプレスと呼んでいいかもしれない。

2011年8月

高辻知義

訳者紹介

高辻知義（たかつじ・ともよし）

1937年東京生まれ。東京大学大学院人文科学研究科修了。東京大学大学院総合文化研究科表象文化論専攻主任を経て、現在、東京大学名誉教授。日本ショーペンハウアー協会会長。著書に『ワーグナー』、『ヨーロッパ・ロマン主義を読み直す』（共著）（以上、岩波書店）、訳書に、バドゥーラ＝スコダ『ベートーヴェン ピアノ・ソナタ』、テーリヒェン『あるベルリン・フィル楽員の警告』（共訳）、テーリヒェン『フルトヴェングラーかカラヤンか』、オペラ対訳ライブラリー『トリスタンとイゾルデ』『ニュルンベルクのマイスタージンガー』『ニーベルングの指環（上）（下）』『タンホイザー』（以上、音楽之友社）など。

オペラ対訳ライブラリー
ワーグナー ローエングリン

2011年9月30日　第1刷発行	
2022年6月30日　第4刷発行	
	訳　者　高辻知義
	発行者　堀内久美雄
	東京都新宿区神楽坂6-30
	発行所　株式会社 音楽之友社
	電話 03(3235)2111(代)
	振替 00170-4-196250
	郵便番号　162-8716
	https://www.ongakunotomo.co.jp/
	印刷　星野精版印刷
	製本　ブロケード

Printed in Japan　　　　　　　　　　　　　装丁　柳川貴代
乱丁・落丁本はお取替えいたします。
　　　　　　　ISBN 978-4-276-35575-0 C1073
　　　　この著作物の全部または一部を権利者に無断で複製（コピー）することは、著作権の侵害にあたり、著作権法により罰せられます。
　　　　Japanese translation ⓒ 2011 by Tomoyoshi TAKATSUJI

オペラ対訳ライブラリー(既刊)

作曲家	作品 / 訳者	品番 / 定価
ワーグナー	《トリスタンとイゾルデ》 高辻知義=訳	35551-4 定価(1900円+税)
ビゼー	《カルメン》 安藤元雄=訳	35552-1 定価(1400円+税)
モーツァルト	《魔笛》 荒井秀直=訳	35553-8 定価(1600円+税)
R.シュトラウス	《ばらの騎士》 田辺秀樹=訳	35554-5 定価(2400円+税)
プッチーニ	《トゥーランドット》 小瀬村幸子=訳	35555-2 定価(1600円+税)
ヴェルディ	《リゴレット》 小瀬村幸子=訳	35556-9 定価(1500円+税)
ワーグナー	《ニュルンベルクのマイスタージンガー》 高辻知義=訳	35557-6 定価(2500円+税)
ベートーヴェン	《フィデリオ》 荒井秀直=訳	35559-0 定価(1800円+税)
ヴェルディ	《イル・トロヴァトーレ》 小瀬村幸子=訳	35560-6 定価(1800円+税)
ワーグナー	《ニーベルングの指環》(上) 《ラインの黄金》・《ヴァルキューレ》 高辻知義=訳	35561-3 定価(2600円+税)
ワーグナー	《ニーベルングの指環》(下) 《ジークフリート》・《神々の黄昏》 高辻知義=訳	35563-7 定価(3200円+税)
プッチーニ	《蝶々夫人》 戸口幸策=訳	35564-4 定価(1800円+税)
モーツァルト	《ドン・ジョヴァンニ》 小瀬村幸子=訳	35565-1 定価(1800円+税)
ワーグナー	《タンホイザー》 高辻知義=訳	35566-8 定価(1600円+税)
プッチーニ	《トスカ》 坂本鉄男=訳	35567-5 定価(1800円+税)
ヴェルディ	《椿姫》 坂本鉄男=訳	35568-2 定価(1400円+税)
ロッシーニ	《セビリャの理髪師》 坂本鉄男=訳	35569-9 定価(1900円+税)
プッチーニ	《ラ・ボエーム》 小瀬村幸子=訳	35570-5 定価(1900円+税)
ヴェルディ	《アイーダ》 小瀬村幸子=訳	35571-2 定価(1800円+税)
ドニゼッティ	《ランメルモールのルチーア》 坂本鉄男=訳	35572-9 定価(1500円+税)
ドニゼッティ	《愛の妙薬》 坂本鉄男=訳	35573-6 定価(1600円+税)
マスカーニ レオンカヴァッロ	《カヴァレリア・ルスティカーナ》 《道化師》 小瀬村幸子=訳	35574-3 定価(2200円+税)
ワーグナー	《ローエングリン》 高辻知義=訳	35575-0 定価(1800円+税)
ヴェルディ	《オテッロ》 小瀬村幸子=訳	35576-7 定価(2400円+税)
ワーグナー	《パルジファル》 高辻知義=訳	35577-4 定価(1800円+税)
ヴェルディ	《ファルスタッフ》 小瀬村幸子=訳	35578-1 定価(2600円+税)
ヨハン・シュトラウスⅡ	《こうもり》 田辺秀樹=訳	35579-8 定価(2000円+税)
ワーグナー	《さまよえるオランダ人》 高辻知義=訳	35580-4 定価(2200円+税)
モーツァルト	《フィガロの結婚》改訂新版 小瀬村幸子=訳	35581-1 定価(2300円+税)
モーツァルト	《コシ・ファン・トゥッテ》改訂新版 小瀬村幸子=訳	35582-8 定価(2300円+税)

※各品番はISBNの978-4-276-を略して表示しています